熊本の怖い話

寺井広樹・村神徳子

JN148848

はじめに

故郷の熊本を書くことになり、心から嬉しく思う。

熊本は神秘的な場所で、土地にまつわる霊伝説や逸話が多い。

私の不思議な体験はこの街に生まれたからあるのかもしれない。わが家も何十代とここに住み、様々な歴史と共に悲しみや苦しみや喜びを熊本の街と共有してきたので、昔話も詳しくなった。ただ、1つ困ったことがあった。

熊本の人の「怖い話」が本当に怖い。

怖い場所を特定なんてされたら商売も上がったりになるし、怖い話に載るだけでも運気が落ちるイメージがあるようだ。

私も逸話が多いといいながら、固有名詞や地域名、団体名を出しづらい事が多かった。それもまた、熊本ならではである。

故郷の話を書きながら取材しながら熊本人の気質も再度学ぶところが多かった。3つ、特徴があると思う。


1つ、熊本は森羅万象に対しての神信仰が厚い。

特に多い話は、神社での霊現象。白蛇様、何かを祀ったところも多い。史跡もそれを作った人の銅像や祀る神社がまた多い。お参りも、何かに打ち勝つために祈ることが多い。そのため運気や霊気を見てもらう「まっぽすさん」も重宝される。

2つ、熊本人は議論が好き。負けん気も強くそれぞれに持論がある。毒を吐くのも1つの安定剤で、それを簡単に口にする。だから喧嘩してるように聞こえるが、実は議論が大好きで、言いたい事言ってくるのに言い返すのが日常茶飯事の楽しみなのだ。私も理不尽なことを言われると、「ハア？　なんいいよっと？　負くっか！」と小声で言っている。熊本以外でもこっそり言う。どういう意味かわかりにくいのが方言のいいところだ。

3つ、熊本には戦いの歴史がある。
古代、中世、近現代においての、戦いの歴史だ。さらに言うと、御船町には恐竜が多く住み、人類創生前まで戦いの歴史がある。
そして大洪水、台風、噴火。大地震は最近だが、それまでも自然災害にはほとほと苦労してきた。

だが熊本では農産物や雑草が背丈ほど伸び育つ、土があれば食料には困らない。四季を通じ寒暖が激しいから果物の甘味が違う。

自分達で何とか暮らせるから、我が強い性質になる。気候も人の気質の激しさを作るという。もっこすという熊本人独特の性質は気候にもあるようだ。

私の熊本での学校生活では、さほど「協調」を教えられなかった。そんなことより「独創性」を伸ばしてくれた。

1人で生き抜く術を持て、家でもそんな教育方針だったと思う。

それが今の私の創作の原点だろう。

なぜ、苦難とわかってもやり遂げるのか、乗り越えられるのか？　と外国の取材でも聞かれることがある。答えは簡単だ。

それは私が熊本人だからだ。

人々が戦い、自分の弱さとも闘い、襲いくる困難や災害とも闘ってきた。

闘うとは、困難に負けんばい！　という心意気のことだ。

神々への信仰も原点は闘魂にあるとも思う。

先日の大地震では大変な損害と被害を受けた方々へ心より哀悼の意を表します。

愛する熊本の大いなる復興を願い、私をはぐくんだ街に贈ります。お話の編集に際しまして、ご協力頂きました熊本の皆様に心から感謝申し上げます。

歴史資料等のご協力を頂きました、菊池飛行場ミュージアム顧問の前田祐助様、幣立神宮神主の春木秀紀様、心よりお礼申し上げます。

村神　徳子

熊本の怖い話　目次

一　田原坂の湧き出す抜刀隊の霊
（熊本市北区植木町）

田原坂は西南戦争の激戦地。明治10年、明治政府軍と西郷隆盛率いる薩摩軍が白兵戦にて激突した地だ。今はつつじの美しい穏やかな公園になっている。

そして明治の頃からここには確実に霊が出ると噂は絶えなかった。

ある者は「白馬に乗った美少年が走って行った」と言い、ある者は官軍の軍服の兵隊の足音を聞いたり、官軍墓地では足を引っ張られたとか。

深夜に肝試しに行く連中も未だにあとを絶たない。

川端さんも若い頃、深夜2時くらいだったろうか、熊本の若者同様ここに肝試しに来た。6月の蒸し暑い、うだるような体に汗がべったりとまとわりつくような変な夜だったという。飲んだあとで、仲間にはやされて川端さんと友人1人で向かっていた。

田原坂の駐車場に着くと電話ボックスがあった。

いざ行こうとしたら、運転手の友人の顔色が良くない。聞くと、どうも気分が悪い、めまいがすると言い出した。ははーん。怖がってるなと思い、

「お前、えづかとだろ（怖いんだろう）？」

笑いながら川端さんが言うが、それにも反応しない。

「わからんばってん、体の力が入らん。運転できんといかんけん、川端、お前だけ見に行ってくれんや？」

「わかった。なら俺が先に行くけん、お前も後から来えよ」

「治ったらいくけん、先行っとって」

電話ボックスまで行くって、飲み仲間たちにここへ来たことを連絡することになっていた。携帯電話のない時代である。

「……ああ、俺たい。川端。今、田原坂の電話ボックスに来たけん、あ？　んにゃあ、何も無かよ。大した事なか……」

その時だった。電話ボックスを覗き込む人の顔が見えた。

慌てて受話器を置こうとするが、なかなかはまらない。そうこうしてるうち、右も左も幾人もの人がこのボックスを覗いている。

50人はいただろうか。さすがに怖くなり、電話ボックスの中に座り込んだ。するると、駐車場から幾つも幾つも武者姿の刀を持った人間が湧くように出て来る。50人どころでない、どんどん湧いて寄ってくる。

血の付いたような汚れた着物にサラシを巻いたような男衆だ。手には日本刀が見える。だが片腕はない。これが、あの戦闘の武者たちか……。

電話ボックスを覗き込む顔が幾つも重なり、殺気だった目は血走っている。

「殺さるっ！（殺される）」

川端さんはもう声も出せず、異様な吐き気を伴いながら、這うようにそのボックスを出た。扉はすぐに開いた。そのとたん体にズズと何かが入り通り抜けるような感覚があった。

どうやって走って辿りついたかわからないが、車のドアが壊れるくらいの勢いで叩き、中に入り、ぼーっとしていた友人を叩き起こして言った。

「逃ぐっぞ！　はよ出さんか！（逃げるぞ、早く車を出せ）」

慌てふためいた友人と田原坂の敷地を出た。だが、その後川端さんとその友人は、他の場所でも霊に遭遇するようになってしまった。それ以降、全く霊感がなかったのに、幽霊が見えるようになってしまったという。

二　吉次峠の薩摩兵の霊（玉名郡玉東町）

田原坂と同様に西南戦争の激戦地と言われる吉次峠。ここでは雨のように銃撃の弾が降ったと言われる。この戦争では両軍合わせて数十万の銃弾が飛んだ。弾同士がぶつかり行違い弾（かちあいだん）と呼ばれるものも残っている。

田原坂と別ルートで熊本城に繋がる道だったため、薩摩軍と官軍がぶつかることになった場所。戦場は死体の山で、地獄峠とも呼ばれた。

◆　◇

霊感が強いY先生は、学校の社会科見学でここに来ていた。

峠なのでそれなりにキツイ坂道を上る。開けた場所は山の中の農村部といった感じ。のどかな風景にハイキング気分で歩いていた。

その日は風がなく穏やかだったのに、急に風が吹き始めた。同時に複数の視線を感じ、悪寒が走った。真上からの視線を感じて見上げると、誰もいない。霊感のあるY先生独特な感で、絶対に何かいる！　とは感じていた。

見渡すと左の方にある木の茂みから、何やら黒い塊があった。黒い塊の方を見ると、右腕のない薩摩軍の兵士が左手に刀を振り上げて、何かを叫んでいた。

その後ろに目がない、いや目の部分が真っ黒の兵士と数人の頭が見えた。政府軍の銃撃が当たったのか苦しそうにしていた。

もう1人、目の前の坂に薩摩兵らしき格好の霊が半身で立ってこっちを見ている。マントを着ている。腰に刀、手に銃を持って。もちろん腰から下がない霊だ。近くを歩いていた地元の男性に聞く。

「あの辺りで誰か亡くなりましたか？」

指さされたその方向を見て男性は答えた。

「ああ、あの辺り。薩摩の名将、篠原国幹が官軍の総攻撃で亡くなったとですよ」

男性はちらりとY君を見た。

「何か見えなさるとでしょ？」

「……はい。兵士たちが苦しそうにしてて、そのマントの人は丘の上からじーっと僕を見るとです」

「私も見えます。まだ埋めただけの人もおんなさる（おられる）と思いますけん」

「そうですか……まだ、薩摩兵達は戦い続けよるんでしょうね」

「そがん思います。私もここに来ると胸が苦しくなる。特に風が吹く時は」

その男性は歴史研究家で、この峠にまだ埋まっている遺骨や遺品などを探している人だった。未だに掘れば、骨が出て来るという。

Y君は静かに手を合わせた。無念の魂がまだ彷徨う場所なのだ。

そして、吉次峠に風が吹く時は、霊たちが現れるときなのかもしれない。


赤いマントの篠原国幹。

官軍の雨のような銃撃の中、「ここがこの戦いの要だ」と止める他の薩摩兵を振り切り、鼓舞させるためか、真正面から挑み銃撃に倒れた。

「篠原どんに遅れるな！」

鼓舞した薩摩隼人たちは砲弾の中を戦った。

彼好みの赤いマントを見ていたため、銃撃隊が狙い撃ちし、名将は息絶えた。

彼のような人が薩摩隼人の典型だ。
最後のサムライ達はここで散っていった。

三　大地震の予兆（熊本市中央区、南区　他）

２０１６年４月14日夜９時26分、震度７の地震が熊本を襲った。熊本では地震がほとんどなく、地震保険の料率も１番低いほど。断層など意識もしていなかった。だが、その揺れはまだ本震ではなかった……。

地震の前触れとも言える不思議な話を集めた。

地震の次の日。15日の朝には社員が集まり全体朝礼をした。家族の安否や今後の出荷状況、熊本市内の情報などを話し合った。

その朝、Ｆ部長がふと横の小さな川を見ると、鯉が何匹も集まり、跳ね上がっていた。この川に鯉がいたということも驚きだったが、それが上に登るかのように跳ね上がっているのだ。

「気持ち悪いな……」

それが素直な感想だった。

部長は何となく気になり、インターネットで検索をした。

「鯉が跳ねる　地震」

と打ってみる。すると、出てきた言葉はこうだった。

「大地震の前兆」

慌てて社内の備品や棚を倒した状態にするなどの耐震対策を始めた。

地震が起きた後だから、こういう現象が起きるんだと言う人もいたが、どうしても「前兆」という言葉が気になったのだ。

するとその深夜、前回の地震から27時間近く後に、本震となる巨大地震が起きた。

やはり大地震の前には動物たちが敏感に反応する。


川は断層を流れている。魚にとっては水底の変化や音、温度などで危険を察知できているのだろう。ナマズが地震と関係するのも、地盤が弱い沼などはより断層の動きが活発だからそこに住む魚たちは先に察知できる、と憶測する。


熊本市内でも、蜘蛛の巣が地震の朝だけは下の方に張られていた、と言う。

また、川尻に住むM氏によると、最初の頃に本震とニュースで言われていたが、14日の地震の後は、妙に身体が研ぎ澄まされた感があり、絶対に次に大きいのが来るとなぜか確信していたという。

理由を聞くと、14日以降も常に地面が揺れ続け、船酔いになるような感覚があり、そんな予知があったという。

ボランティアに来ていた男性が熊本城近くの塀で休憩をしていた時の事だった。

初夏の緑が美しく、木々がさわさわと風に流れ心地よい気分になった。その時だった。

「キテクレテアリガトウ」

「マタキテネ」

と木々が話しかけてきたという。

木霊だろうか。

四　熊本城　井戸に現れる女性（熊本市中央区本丸）

熊本城への入り口は数か所あり、裏手の方に回ると植物園や二の丸公園に繋がる坂道がある。この坂道が妙に暗く、そしてその横にある大きな井戸が気になっていた。蓋がしてある井戸もあれば、城内の井戸によっては鉄格子だけになっており、中が底まで見えるのもある。その井戸だけは何となく覗きたくなかった。

2、3メートルの直径はあるような大井戸、覗けば引き込まれそうだ。

その坂道には霊が出るともっぱらの噂だった。

市内の街中の企業に勤める福永さん（仮名）はその道を通って島崎の方から通勤していた。車通勤だったが、車検に出していたのでその日は自転車通勤だった。

福永さんは妊娠3か月と診断されたばかりだった。恋人は会社に通ってくる運送関係の業者さんだった。

彼女は結婚するつもりでいた。もちろんできちゃった結婚だが、彼とももう3年付き合っているし、そろそろいい頃だと思っていたのだ。

メールで妊娠報告をしたら、嬉しそうな返事がきた。次は両親との顔合わせだね、と話していた矢先だった。

彼とは毎週会社で顔を合わせる。だがメールして以来、急に業者さんの担当が代わり、なかなか会えなくなった。自分の車を車検に出したので、彼の車に乗せてもらおうと連絡したが、時間帯が合わないそうで帰りなら送れるかもと返事があった。

雨が急に降ってきて、自転車では帰れず傘をさして歩くことにした。彼の言葉を思い出し、電話してみた。

「そう。今時間あるから迎えに行くよ。どの辺歩いてる?」

「お城の……伝統工芸館過ぎたとこかな」

「わかった、後ろから追いつくからゆっくり歩いてて」

「ありがとう!」

やっぱり彼女が妊娠したとなると優しい。福永さんはウキウキして歩いた。

あの坂と井戸の近くになった。冬なので辺りは真っ暗で街灯もまばらだ。その時、後ろから気配がした。彼が車でそろそろと付いてきてるに違いない。ちょっとからかってやろう。

わざと気づかないふりをして、ゆっくり歩いた。

右側に車道を見ないように歩くと左が井戸と坂になる。そのときちらりと井戸を見てしまった。

井戸の蓋あたりから女性の上半身だけが出ている。髪が長くて縞の着物のような柄だった。

「うわ！」

福永さんはびくっとして足を止めた。

もう一度井戸を見るが、幻だったようで何もいなかった。

ああよかった。見間違いか……だけど怖い、右側にいるはずの彼の車の方を見た。

やはり後ろをついてきたのは彼の車だったが、彼の顔には表情がなく、福永さんに気付いている風なのに、じっと見て手を振るわけでもない。

よく見ると隣の助手席に女性が座っている。着物を着た女性だった。混乱して見ていたら、ゆっくりと車が去っていった。

慌てて電話をしたが、コール音だけで出なかった。その後も連絡が取れなくなってしまった。あの霊に憑りつかれてしまったんだろうかと心配する。

数日後、彼の後任に話し、彼の家の連絡先を聞こうとした。すると、

「あの人？　3日前に会社辞めましたよ。奥さんの実家の家業継ぐらしくて」

「奥さん？　あの人結婚してるんですか？」

「そうですよ。子供さんも2人いますよ」

福永さんはショックで倒れそうだった。業者はこそこそと話し始めた。

「あの人、気を付けた方がいいですよ。すぐ女に手を出すから。前も妊娠させた彼女がいて、事故装って車で轢きましたからね。意識不明のまんまですよ。死人に口なしってね。あ、僕が言ったってことは内緒でお願いしますよ」

腰が抜けそうだった。あの時車で近づいた彼は……助手席にいたのは？

「あの、奥様は和服を着るような方ですか？」

「着物？　いやあ。Tシャツジーパンみたいな恰好しか見たことないね、そんなお上品な恰好しないよ」

じゃああの着物の女は一体……。いや、あの井戸の縞の着物の幽霊……？

あまりのショックで、福永さんは授かったお腹の子を流産してしまった。

風の噂では継いだ奥さんの実家の会社も倒産し、離婚して行方知れずだという。事故で大怪我させた女性がどうなったかは、もう誰もわからない。

あの井戸は大正時代、大店の女中さんが、投げ込まれ殺されたという。当時のスキャンダルとして紙面をにぎわせた。

その女中さんは縞の着物を着て大店の集合写真に写っていた。

相手は薬局に通う出入りの業者だった。妻子がいたが、不倫相手の女中を妊娠させたために、口封じに殺したという。

あの井戸に蓋がされているのは、それから後のことだった。それ以降、あの辺りで着物を着た霊を見かけるという評判が立ったようだ。

だが、こんなことはもっと昔から起きていたのかもしれない。現在の事件も霊が出てからわかることもある。

今も井戸の底には何か秘密が眠っていそうだ。

五　大洋デパート火災の鎮魂（熊本市　中央区）

1973年に起きた大洋デパート火災は100人以上の死者を出す大参事になった。悲惨な現場のあと、焼け出された遺体はデパートの裏、ビルの敷地の中庭に置かれた。

その建物は旧電電公社のビルだった。そこで警備をしていた城田さんは目の前に並べられ、ビニールで覆われた遺体の山を見ていた。

城田さんは戦争中は朝鮮の警察におり、それ相応の遺体や暴動などは見てきた。警備の人は年配者も多く兵隊上がりが多い。火事の時も目の前の焼け焦げた遺体を見ても、そう動揺はしなかった。だが、城田さんはやはり気分が悪くなった。

あまりの吐き気に早退することにした。

体も重い。電停まで歩くのも辛く、タクシーに乗ることにした。何人も並んでいたので、流しのタクシーに乗ろうと手をあげた。

すると耳元ではっきりと聞こえた。

「私も乗せてください。子供がおりますので」

驚いて振り向くと、誰もいない。

城田さんはぞくっとして、捕まえたタクシーに乗った。自宅は大江町にあり、タクシーでは10分位で着く。

「大江の○○まで」

「わかりました」

しばらく乗っていると運転手が妙な事を言った。

「さっきも大江の家まで~って、ここで女の人乗せたとですよ」

「え？　あ、はい」

「そしたら、大江に着いて振り向いたら、おらんのですよ、そん女の人」

城田さんはぞっとして黙っていた。

「あの火事で亡くなった人、大江の家に戻ろうて思うとでしょうたい」

「……そうかも知れんですね」

大江の自宅に着いた。お金を払い出ようとすると、

「あれ、一緒に乗ってきた女性はどこ行かした？」

「一緒？　いや、わし1人ですばい」

「いやあ、乗せた時は2人で立っておられたでしょ。さっきまで座っておられましたけん」

「さっきて、どの辺までですか」

「白川の大甲橋のとこか……川の手前までミラーには映っとったんですよね」

水が欲しくて降りたんだろうか……城田さんは家に着くと昏々と眠り、しばらく警備の仕事を休んだ。体の重みは次第に取れてはいった。

その時の消防士たちも、家に帰ろうとする霊を見たという。

子供を置いて買い物に来ていた母親たちは、何とかして家に帰ろうとするのだろう、と城田さんは話してくれた。

◆◇

実はこの事件はまだ火災原因がわかっていない。

火事の前に、デパートで何らかの事件があり、救急車を呼んだ経緯があった。ところが上司に連絡せずに通報するなと指導され、火災に気づいたときも上司に連絡したが繋がらなかった。そのため消防に通報できずに、バケツの水を掛けるなど社員で何とか消そうとして、次々と引火してしまったとも聞く。

階段に積み重ねられた寝具や段ボールに次々引火し、消火扉も荷物で開かないような状況だったという。何より、昼間買い物に行ったまま帰らなかったお母さんのお子さんたち、遺族の悲しみは耐え難い。

その後、焼け残ったデパートの建物を使って別のショッピングセンターとして営業したが、ついに撤退してしまった。あの低い天井を見ると大洋を思いだし、ぞっとする人もいたという。

2014年に完全に建物を解体した時は、慰霊祭が行われた。実に火災から40年近くあのままの建物を使っていたのだ。

消えた命に心から冥福を祈る。

六　傷痍軍人霊と防空壕（熊本市　西区）

金峰山近くには有名なお寺があり、人が集まる参道がある。

戦後になると、傷痍軍人達がここでお恵みをするようになった。

白い上下の服を着て、腕が片方なかったり、両足ないままゴザに座り続けている人……アコーディオンを弾く人。昭和35年近くまでお恵みは続いていた。

田中君はその近くに住んでいた。まだ小学校入ったばかりの頃、その白い傷痍軍人を見るのがとても怖かった。

そして、まだ戦争中の防空壕がたくさん残っていた。戦争中は自宅の庭に防空壕を作ったが、それだけでなく急な空襲に備え、山のふもとなどに横穴式の防空壕を作ってあった。

戦争から戻ってきた兵隊さんが、家族も空襲で亡くなり住む場所がないからと、この横穴で暮らしていたこともあった。

ある時、いたずら仲間でその防空壕跡にこっそり入ろうということになった。

田中君は嫌々だったが、いたずらっ子の野田君がさっさと入っていく。

中には飯ごうのようなブリキの入れ物と火を焚いた後があり、白っぽい服や軍帽がおいてあった。まずい、これはあの本妙寺にいた傷痍軍人の住み家じゃないか……。

「誰かおる！」

野田君が叫んだ。仲間は一斉に逃げた。田中君は石につまづいてしりもちをついて動けなかった。野田君が戻って来て、田中君を起こしにきた。横穴の奥のほうにぼーっと白いものがユラユラ見える。だが、近寄ってはこない。

「あの軍人さんじゃなか？」

野田君もそう言った。あの軍人がはいつくばっているようにも見える。

だが、体の前についているはずの顔が真っ黒だった。まるで人間蜘蛛のようにこっちへ寄ってくる。

「行くばい！　殺さるる！」

田中君も我に返って一緒に逃げた。

その後、この話を親にはできなかった。本妙寺に行くと、例の足のない傷痍軍人が物陰に隠れるように座っている。

あれは見間違いか……やっぱりこの人は生きていて、あの防空壕で暮らしていたんだな、と。野田君ともそう話していた。

数か月経ち、その防空壕を見に行った。埋め立ての工事が入っているようで立ち入れなかった。

やっと母親にこの防空壕の話をした。あっさりと母親はこう言った。

「あの防空壕で誰か亡くなったって言いよったよ。中で死んだ人がおったみたいで、警察やら入って調べたら復員の兵隊さんの死体あったって」

「兵隊さん、死んだと?」

「うん、白骨化しとったみたいで、戦争で足が吹き飛んだ人らしかよ。かわいそうにねえ」

あの洞窟で見た傷痍軍人は、生きている人じゃなかった、と田中君は直感した。

その後、お寺の前を通っても、ゴザに座ったあの傷痍軍人はもう見当たらなかった。

今は防空壕の跡はコンクリートなどで埋められている。当時をしのぶものが少しずつ消えている。

だが田中さんは、防空壕跡を見る度に、あの白い服の傷痍軍人を思い出し、白い服を着た人自体が怖いのだそうだ。


このお寺には古くから傷病者が集まる由縁がある。

加藤清正が奇病で亡くなったと前述したが、今でいう難病を発症して亡くなったというのが熊本での通説であり、そのため清正公の由縁のお寺に患者たちが集まるようになったという。

歴史は長く、ラフカディオ・ハーンが第五高等学校（現熊本大学）で教えていた時、難病患者の大人から子供までが座り込み、寺前でお恵みをする姿に驚いたと記されている。後にはリデル女史とライト女史が患者を集め病院を作り、貧しい子供達の児童施設を作った。

現在のリデルライトは熊本大学の近くにあり、介護施設になっている。海外の人から見た明治期の熊本はまだ人権の黎明期であり、医療も貧富も処方箋が少ない時代でもあった。その回復の手助けをしたのが、外国の方々でもあったことも忘れてはならないだろう。

七　本当に出るお化け屋敷（荒尾市）

荒尾市にある某遊園地にはおかしな噂が多かった。

夏になると学生のバイトがやってくる。お化け屋敷のお化けバイトも彼らに任せていた。だが1か月もたたずに辞めていくという。

もう随分昔になるが大学生の頃、飯田さんはバイトの面接でその遊園地に行った。霊感は強くない方だった。

中でお化け役の人と立ってみた。お客さんが入ってきたら、暗闇で肩を掴んだりして脅かす。

「キャー！」

女の子たちは反応がいい。困るのは子供や男性。怒って蹴りを入れたり、めくらめっぽう腕を振り回したり。重労働だ。

ところが途中からある場所でお客さんが悲鳴を上げる。奥まった真っ暗な場所では何がいるのか見当つかない。

飯田さんは皆が見ては逃げる場所にどんな霊がいるか見たくなった。上手い先輩がいるんだろうな、と。

通り道の角に机があり、そこから両足が見えた。男性の裸足だった。そこから上を見ようとしたら思い切り肩を掴まれた。


「うわ！」

「どこ行きよるとや、客に見つかるだろが」


一緒にいたお化けの恰好の先輩に強く叱られ、仕方なく戻った。だがあの足はずっとあった。あまりに動かないのでマネキンかもしれないと思って、その日は終わった。

しかし、たった1時間くらいだったのに、空調が悪いのかひどく暑くて息苦しく、変な匂いがする場所だと思った。

「どうだった、やれそうね？」

事務所に戻ると、面接担当者が聞いてきた。

「あ、はい。でも隠れてたとこの先の角にずっと立ちっぱなしの裸足の人がいたのが気になりました。あれ、マネキンですよね？」

担当者は驚きもせず、またか、という顔をした。

「やっぱり見たとね。それでも続けれるね？」

と不思議な対応だった。

「見たっていうと……」

「うん、最初みんな言うとよね、裸足の足って。そんなヤツ働いとらんし、人形も置いとらんとに、あの角におったんだろ？」

「え、ええ？　角におりましたよ！」

「他は？　何か見た？　息苦しくなったりせんかった？」

「あ、ずっと暑くて、冷房効いとらんのか、重苦しいというか」

「ああ、それ初日に感じたなら、1週間持たんね。冷房は最大入れとるし。霊感ある人はこの仕事向いとらんよ」

飯田さんはその言葉で凍り付き、バイトを諦めることにした。

今もこの遊園地は廃墟を使ってのお化け屋敷など「本当に出る」と噂が高い。それがむしろこの遊園地の人気にもなっている。

この敷地には以前大きな炭鉱を持つ会社があった。炭鉱の町でもあり、近くに産業遺産となっている万田坑がある。万田坑は2015年に「明治産業遺産」の1つとして世界遺産に登録となる。だが、この近くの炭鉱では戦後最大の爆発があり、死者は458名、一酸化中毒者は839名と甚大な被害になった。

労働争議の中、エネルギーが石油に代わっていった時期、人員削減から、救護隊や酸素注入が遅れたのも原因の1つだった。

犠牲者の慰霊碑は10数年前に移転し、今は有明成田山大勝寺にある。ご冥福をお祈りする。

あの息苦しさは……飯田さんは当時を思い出し、冷や汗をかきながら語ってくださった。

八　6・26水害での白川湖畔霊群
（熊本市中央区新屋敷）

白川のほとり、新屋敷2丁目は、長く間河川工事を続けていた。

白川に架かる明牛橋の近くにマンションがあった。Fさん親子はこのマンションに住んでいた。市内で家を建てる前の仮住まいだった。河川工事で数年後は立ち退きになると言われていた。

この辺りは閑静すぎる高級住宅街で、大きな通りから中に入ると大きな邸宅が多く、あまり人通りがない。昔の武家屋敷跡なので、代々住む人が多い場所になる。

住み始めて少し経つと、家にいると常にパシッパシッとスリッパで叩くような音がし始めた。しまいにはスリッパで歩き回るような音がする。

Fさんはその夜から金縛りにあうようになってしまった。

そばの白川は河原が公園のようになっていて、明牛橋から大甲橋まで続いていた。そこには榎《えのき》か楠《くすのき》のような緑茂る木があり、マンションからも木が見えていた。

ある時、川のゴオオーっと流れる音とは違う、人がザワザワ話すような声が聞こえた。

良く聞くとこんな声だった。

「……ケテ　……ケテ」

声がどんどん大きくなっていく。3階だと下の音が反響して大きく聞こえる。開けて？って言ってるのか？

誰か事件でも巻き込まれているのか、気になって窓を開けると、目の前の木にびっしりと人の顔が挟まっていた。

「助けて　助けて」

Fさんはゾッとし、すぐにそのマンションから引っ越した。

昭和28年2月26日に起きた白川の大洪水。

その日は朝からバケツをひっくり返したような豪雨が続いた。街中を通る一級河川の白川は、清正公の治水事業でわざと蛇行させていた。

黒髪、子飼橋周辺にある一夜どもは石積みの堤防でその辺りが特に蛇行する。まっすぐだった川を蛇行させるのは意味があり、川の速度を落とさせるのと用水路を作る意味合いもあった。

だが川の水量が上がれば、蛇行部分に阿蘇から流れてきた材木や泥が一気に川岸を襲う。また足けたの多い橋に洪水ゴミが引っかかり一気に川は周辺家屋に襲い掛かった。２階の屋根に避難する人、流された者と甚大な被害になった。

当時を知る人々は言う。

子飼橋の橋桁に、人間か豚かわからないような膨れ上がった肌色のものがたくさん引っかかっていた。大甲橋の川岸には、水死した遺体がゴロゴロ並べられていた、と。この川の当時の恐ろしさを知る人は語る。

Ｋさんが住んだマンションの場所は遺体が並べられていた場所にも近かった。

この水害での被害は、死者行方不明者４２２人、家屋浸水３１１４５戸、橋梁流出85橋。数年前にも白川が氾濫したが、64年経った今でも河川拡張の工事は続いている。

九　阿蘇赤橋は自殺橋（阿蘇郡　南阿蘇村）

阿蘇大橋は元は赤く塗られていたから赤橋と呼ばれていた。だがある時から地味な色に塗り変えられた。なぜ赤橋は色を塗り替えたのか。

それは自殺者が後を絶たなかったからだ、と言われる。

それでも落ちようとする人間はいた。

運転が趣味の安田さんが深夜のドライブで阿蘇に向かっていた時だった。夜中だと道が空いているし、ドライブに最適。その頃は深夜ともなると赤橋ほとんど車通りがなかった。

橋の手前まで来ると、何やら橋に人がよじ登っている。それも2人。

（飛び降り自殺か……？）

「おい！　何しよる！　待て！」

安田さんは慌てて走り寄り、よじ登る2人の背中の服を引っ張った。

結構力が強い。若い男2人が自殺なんていかん！　わめきながら引っ張り降ろす。2人の若者はついに登るのをやめ、仰向けに倒れた。

その時、安田さんの耳元で声が聞こえた。

「チッ」

何本かの白い手みたいなものが、フェンスからすっと消えた。

背筋が凍った。自分もへなへなと腰が抜けるようだったという。


正気を取り戻した2人の若者を連れて、車に乗せた。

「どうしたとか。死のうとするならでけんよ（ダメだよ）」

「覚えてないです。僕ら車旅行でここ初めて来て、眺めてたら急に……そんな気分になったんです、死のうなんて思ってません」


聞くと、2人は東京の学生で、車で九州を縦断していたそうだ。

橋から下を眺めていたら、急に登らなきゃ、飛び降りなきゃという気分になったという。

この橋は自殺よけに2メートルくらいの高さのフェンスがあるにも関わらずだ。

この橋はよじ登った後も落ちないように、下に自殺防止のフェンスまで突き出ていた。

だが本気で自殺したい人はそこまで降りて、またジャンプして落ちて行く。ここはとんでもない高さの渓谷に作られた橋なので、落ちたら即死しかない。

向かいに廃墟化したレストランもあり、そこにも自殺霊が溜まっているとも聞くが、何か霊が憑りついて「落ちよう」と思ったようだ。

また安田さんが車を停めた所のすぐ近くに「まてまて地蔵」がある。

彼らから見たら、地蔵の化身が来てくれたと後で話しているかもしれない。安田さんは坊主頭でもあったことだし。

あの大地震で阿蘇大橋は崩壊し流されてしまったが、まだまてまて地蔵は残っているそうだ。この地蔵で救われた命も多かっただろう。

十　通潤橋に見えた2つの魂（上益城郡　山都町）

旧矢部町の通潤橋。矢部は現在は山都町になっている。

通潤橋は白糸台地という高台の棚田に水を引くため、川を挟んだ隣の水源から水を送るよう作られた水道橋。アーチ型の石橋だ。

逆サイホン型と呼ばれるのは高いところからやや低い橋を渡し、高台まで水を持ち上げる。勢いがあるので水圧が猛烈で、江戸後期にかけられ、今も健在。人が渡ることもできるが、手すりが無く狭いので用心したほうがいい。

時折、橋中央から放水する。ほとばしる水の勢いは虹を作るほど。圧巻だ。

もう2年ほど前になるか、吉田さんが雑誌の取材にてカメラマンと行ったら、正面から右側に違和感があると言う。たしかにこちらから見ると墓のような石碑が見える。カメラマンのDは霊感が強い。

そこに江戸時代の頃の霊が2人立ってこっちを見ているいるというのだ。石工のような雰囲気があるという。

「石工？　こういうの作ったら消されるというし……」

「かもしれない。いや、でも単なる事故だったと思う。あの辺りで何かなかっただろうか」


ふと目を伏せ、もう一度見上げる。確かに右側に黒い影が見える。吉田さんも見切れた状態でなら霊を感じることができる。

Dは続けた。

「でも、悪い霊じゃないよ。土地を守ろうとする意志がみえる」

吉田さんもそれには同意できた。戦場の史跡はともかく、こういう場所で恐ろしい地縛霊など感じたことはなかったからだ。

「しかしなぜ通潤橋は作られたんだろうね。目の前に川があるのに、この水を岸まで引き上げる方が楽じゃないか？」

確かに表側から見ると、轟川は穏やかに流れ、上に水道橋を掛ける意味がわからない。ここから押し上げる方法もあったはずだ。

車を走らせ、Dや吉田さんが霊を感じた場所に行った。

そこには神社があった。

布田神社。この通潤橋を建設した庄屋の布田保之助を祀る神社。

長年の投資と住民や石工の努力で作られた。通潤魂と書かれた碑に古めかしい社。ここに強い魂のイメージがあるとDは言った。水で清め、お参りすると霊たちはすっと消えたそうだ。

「石工たちの魂が見えたのかもしれないな」

Dに言わせると、ここから橋を見守る霊魂がいるという。

この橋の完成の時、最高指揮官である布田保之助は石橋の中央に白装束のいで立ちで正座したという。水を通し崩れるなら、石橋もろとも保之助は落ちるのだから、決死の覚悟だ。また彼は、熊本で最初に福祉をした人物としても有名だ。

この建設工事ではその当時の障がいのある人たちを採用し賃金を払った。昔はそうした方々は外で働けなかった。それを世に出した人でもあった。

彼は私心を捨て、地域の為に生きる主義であり、神格化されることは本人の遺志ではなかったようだ。

だが崇めたくなる人間の力量を持っている。

そしてそこから通潤橋の裏を見た。

なんとあの穏やかに流れていた轟川は橋の下から猛烈な滝になっていたのだ。しかもその横は切り立つ石の絶壁。こちら側から見れば台地と台地の絶望感が見える。

逆サイホン式というのも、本当は台地に並行に架ける予定が、現在の橋の高さでないと物理的に難しく、やや低い位置に架けることになり、それが成功したのだという。

十一　廃墟の天草パールラインホテル（天草市）

熊本の南、海に面した天草地方には有名な廃墟ホテルがあった。地元の男子たちが免許を取ったら肝試しに行こうというような場所。幽霊が必ず出たという事で評判なのだ。幽霊が出るホテルは嫌われるが、廃墟ホテルに幽霊が出るとなるとがぜん人気が上がる。

Yさんも仲間2人と車でそのホテルに行った。

時刻は深夜2時だ。

運転していたYさん以外は酒に酔っていた。行くぞ行くぞ！　と勇ましいが、シラフのYさんは行く途中からどうも気分が悪くなっていた。

Yさんは旧家の生まれで、家には蔵があったり明治時代からあるような建築物に囲まれて育っていたので、そうそう幽霊には慣れている、というか古い者＝先祖霊に違和感がないのだ。

そんなYさんが、今回はどうも息苦しい感があった。

ホテルは廃墟感がすごかった。だが酔った友人たちは言う。

「ここの屋上に登って、向こうの階段を降りて3階の窓から手を振れたら1万円な」

で、最初はYさんが行くことになった。

その建物は3階建てになっていて、屋上には上ることができる。そして奥の方の階段から階下の3階へと降りる。そこの窓を開けて手を振ればいいだけのこと。

安請け合いをして、Yさんは屋上へ上がった。

真っ暗の中、やはり重苦しい気分は変わらない。屋上も当然誰1人いなかった。

奥の階段から下に降りて行く。階段をトントンと降りて行くと屋上の方でザワザワと人が話す声がする。

誰かまた肝試しの軍団が来たのかなと思って、降りて来るなら一緒に行けて安心だな……と思っていたが、一向に降りてこない。

(おかしいな……確か数人でいたよな)

気になって、もう一度屋上に上がる。

すると誰もいなかった。1人も。

Yさんはそこで初めて、背筋が凍り付いた。

自分の後ろを何人かの霊が憑いてきていたに違いない。

慌てて元来た屋上の道をさかのぼり、走りに走った。

3階からどうやって飛び降りたのか、外側の棒を伝って降りたのか全く覚えてないが、仲間のいる車に向かった。

仲間たちは逃げてきたYさんの形相が真っ青だったし、飛び降りて足を引きずっているしで、すぐドアを開けて中に入れた。


「どうした！　なんか見えたとか？」

ドアを閉め、窓をしめるとYさんは言った。

「誰か屋上に向かってく集団、おらんかった？」

仲間は首を振る。

その時車のドアを
「コンコン」

と叩く音がした。誰もいないのに。Yさんは完全に車のカギをロックし、猛スピードでそこを出たという。

現在はこのホテルは解体されたという。

天草の1号橋の近くにあったが、この1号橋は昔から自殺の名所で、霊が出ることでも有名だった。霊のたまり場になっていたのかもしれない。

十二　病室の顔のない黒物体（熊本市　中央区）

中央区のとある病院での話だ。康成さんが個室の病室で寝ていた時の事だった。

夜中に目が覚め、どうも嫌な視線を感じる。窓辺りから誰かが見ている気がした。だがベッドに寝たきりで動くことができない。

すると窓に外の電灯を背にして人らしき姿が立っているのが見える。真っ黒な影になっていて男か女かもわからない。

ここは2階のはずだが……ぞっとしながら見ていると、その影が窓のへりから、ズズ、ズズズ、と内側に入ってきた。

「ズルズルズル」

その黒い物体は窓を越えて液体のように部屋の中に入り込み、たちまち人の形のような物体になった。

そして康成さんの寝ているベッドにズズズっと近づいてくる。

「うわあああ！」

康成さんは怖くなって布団を被った。

思いつくだけのお経を読んだ。

しかし、その黒い物体は異様に早く康成さんの布団の上に襲いかかってきた！

布団の上に乗り、康成さんを覗き込もうとしている。

ちらりと見たが、真っ黒な物体で、やはり顔も何もわからない。急いで手元のナースコールボタンを押し続けた。

慌てて看護師や医師がやってきて、ドアを開けた瞬間にその黒いものは消えていった。

「すぐに部屋を変えてくれんか！」

「他の部屋はあいとらんのです」

仕方なく、個室のドアを開けてもらいパトロールしてもらうことになり、黒い物体は出なくなった。

その病院の近くには市内を走る大きな道が通る。

事故で救急搬送される人も多いことから、そういう魂が物体になって現れるのかもしれない。

十三　平家落ち武者の秘境（八代市　五家荘）

壇ノ浦の戦いの後、平清盛の孫、平清経は入水自殺に見せかけ、逃げのび、豊後竹田の緒方氏に身を寄せ、緒方姓を名乗るようになった。その後この五家荘の山の中に住むようになったという。

五家荘とは、椎原村、久連子村、葉木村、樅木村、仁田尾村という5つの集落の総称である。平家落人伝説は多いが、ここは住居等も残っており、熊本県に緒方姓が多いのも信憑性がある。

言い伝えの1つにこういうことがあった。

下流の村で、ある時上流からお箸が流れてきた。

それを見て百姓たちが騒ぎ出した。

「上流の山奥に誰か住んでないか？」

箸が流れて来るということは、上の方で生活をしている者がいるということの証。

こうして、この山の中に平家の落人が住んでいることが発覚したという。その後見つかった平家の落人がどうなったかははっきりとは伝わっていない。そこから里に流れた者もいれば、落ち武者狩りに遭った者もいたであろう。

ただ、緒方家の子孫の300年近く前の茅葺きの家が残っている。百姓としてこの地域に根付いた人々も多かったことだろう。

久連子古代踊りはここ八代の伝統の踊りだが、平家の伝承といわれる。

五家荘から1時間ほど行った球磨の方ではこんな怖い話があった。小学校の教師をしていた横井さんの話だ。

元々市内に住んでいた横井さんは、球磨の神秘的な雰囲気が好きだった。熊本市内とは違う、旧相良藩の領地は少し文化も違う。球磨、人吉は球磨川のヒスイのような碧色の流れも美しく、のどかな風景が広がる。旅行者のように、あちこちを見て回った。

引っ越したばかりのアパートで、横井さんはその日から3日続けて金縛りに遭った。明らかに部屋に何かが居たのを感じた。

次の日の夕方、部屋でテレビを見ていたらその後ろの大きな窓に何か浮いていた。

よく見ると、首を切られた武士の顔。目をつぶり、青白い顔で髷《まげ》は切られて髪がバサバサになっている。明らかに武士か落人か、生首が浮いていたのだ。

1分ぐらいそれは浮かび、消えた。

横井さんはそれを見て身の毛がよだったが、見間違いかもしれないと、窓のカギをしっかりしめた。

次の日もまた出た。

今度はテレビと窓の間に浮かんでいた。

「うわっ」

さすがに声が出た。生首は窓の内側に入っていた。

その次の日、夜10時くらいに起き、トイレに行き、また部屋に戻ってくると凄まじい寒気がした。

（やっぱり、また出るのかな……）

恐る恐る部屋に入り、ソファーに座ると、テレビの上に例の生首が浮かんでいた！

完全に部屋に入り込み、横井さんに近付いているのだ。

怖さに呆然としていると、その武士の目が開き、

「ニカー」

と笑い、口から血が流れだした。

それから横井さんは気を失ってしまったという。

その後は部屋のお払いをしてもらい、やっと生首は出なくなった。その昔、この辺りは処刑場があり、首をさらしていた所で霊の通り道でもあったようだ。

十四　立田山の溜池に立つ学生の霊（熊本市　中央区）

立田山の中腹あたりに大きな溜池のような池があった。自然にできた池であり、近くまで降りることができた。

仁美さんは熊本大学の学生で、近くの下宿屋に住んでいた。ここの下宿のおばさんは面倒見のよい人だった。

仁美さんはこの池辺りを散歩するのが好きだった。

毎日その池を見ていたら男子大学生のような人が立っているのが見えた。まさか池で遊ぶ年でもなさそうだけど……と不思議に思って通り過ぎる。

次に行くと、今度は女性が立っているようだった。

気になって下宿のおばさんに話してみると、

「あの池、いつも誰か立ってますよね？」

「え？　あんなとこに入り込んでる人なんか見たことなかよ」

「この前は男子学生、昨日は女性が立ってましたよ」

「そうね……気色悪いね……近所の人にも言うとくね」

次の日、仁美さんが下宿を出ようとすると、おばさんが走ってきて言った。

「仁美ちゃん、今日はあの池に行ったらいかんよ」

「何でですか?」

「……女の子が一人で行くなら悪い男もおるだろうけん、薄暗かし、近所の人はいかん。知っとる者はわざわざ行かん場所たい」

「はあ……」

確かにあの辺りは木が生い茂っていて薄暗いし、もし強盗にでも遭ったって叫んでも誰にも気づかれない……。

ただ、その池を通る方が早いので、やはりおばさんの話は聞かずに池の横の道を歩いた。

ついつい池にまた誰か立っていないか見る。すると
女性と男性、5名くらいだろうかザワザワした声が聞こえる。

(良かった、数人いるなら安心だわ……)

じっと池の人影を見ていると、背中から押された。

思わず岸にひっくり返りそうになった。

生えている背の高い葦や草を握って助かったが、確実に誰かに押された。そして池を見

ると、数名の男女はいなくなっていた。

仁美さんは無我夢中で走り、下宿屋のドアを開けた。

「おばさん！　あの池に……！　人がいたけど消えた！」

おばさんが慌てて出てきた。

「池？　また行ったとね！　だめて言うたでしょうが！　あそこの池、学生が死んで浮いとったのが見つかったとよ」

「え！　いつですか？」

「去年。学生で何人か飲んで帰って落ちたらしか。本当の事言うとな、あの池は昔から落ちる人も多かったとよ」

仁美さんはへなへなと座り込んだ。

「よそから来た人に言うと怖がるけん、言えんかったたい」

昔はその池で暴行魔に殺された女学生の遺体が上がることもあったようだ。酔っぱらって落ちたという学生もいた。

その池は山に降った水が人家まで行かないよう作られた大池で、雨水を貯めるために作られているので柵も何もない。

雨が降らない時期は乾くので池と気づかないかもしれない。

十五　新説　白糸の滝の怨霊（阿蘇郡　西原村）

阿蘇の西原村には昔から怖い言い伝えがある。

白糸の滝に女性が行くと不幸が起きる。特に妊娠した女性や婚期を控えた女性は行かない方が良いというのだ。

それはここにある寄姫伝説から言われている。

木山の殿様に仕える兵部という男がいた。この白糸の滝は夏も涼しく、避暑に行くのが常だった。

ある時、湖面を渡りながらやってきた美しい姫がいた。透けるように肌は白く、艶やかな黒く長い髪、輝くピンク色の頬と唇。そして水に濡れて透けたしなやかな体。

兵部は見た瞬間にその姫に恋をした。

「あなたはどちらから参られたか？」

しかし姫は笑って
「この近くに住んでいる者です」

「どうぞ、どこの御姫様か教えていただきたい」

何とか家に連れて帰り、わが妻にしたいと思うようになっていた。

毎日白糸の滝に出かけては、兵部が知っている面白い話をして、いつしか姫も兵部に心を傾けるようになった。姫の名は寄姫といい、高貴な神官の姫君のようだった。

3日目の昼、兵部は姫が服を脱いで水浴びをしている所を見てしまった。細く真っ白な体、後ろ姿だけだったがそれは美しく、輝いていた。兵部はこの姫をどうしても手に入れたくなった。

水浴びが終わった頃、姫に近付き、思い切って兵部は言う。

「姫、明日の夜ここでまた会いたい。そうすれば私の良さをもっと知ってもらえるだろう」

「夜に会うと何があるんです?」

「私はね、昼間と夜では人が変わったようになるんだよ」

「そうですか、私も似た所があります。では夜に逢いましょう」

兵部は小躍りして、家に戻り、夜に姫に逢う準備をした。

夜になり、辺りは真っ暗。滝の音だけが静寂に響き渡る。

「兵部さま、お待ちしておりました」

湖面を歩いてきた白装束の寄姫は、すでに水に濡れ熱っぽい潤んだ目で兵部を見ていた。

兵部はもうたまらずに、寄姫を抱きしめる。昼間の優しい兵部と違う、力強い男の手だった。

「姫、二度と離しませぬ。昼も夜も愛し続けます」

「兵部さま……どんな私でも愛してくれますか……」

「もちろんだ。いつまでも大切にします」

幻想的な滝を見ながら、2人は結ばれた。


離れがたくなった2人は兵部の家で暮らすことになった。

寄姫は美しく見せびらかしたかった。ただ、寄姫は無理に連れてきたので、まだ妻として人に話すことはできない。

そのうち同僚の1人が言い出した。

「最近ずいぶん機嫌がいいな。女ができたか」

「まあ、そんなところだ」

「何だ、嫁をもらうのか？　見せろ」

「だめだだめだ。まだ見せられない。美しすぎてお前には毒だ」

同僚は笑いながら、少し真面目な顔になった。

「なあ兵部。実はな……この前お前の家から人魂が出るのが見えたんだ。何か悪い霊でも憑いてないか?」

「霊? いやあ……俺に付いてるのはかわいい姫様だけだ」

「ああ、そうだったな。だけど気を付けろよ。俺が見た人魂は裁縫道具を持っていた。変な話だが、顔くらいの大きさの人魂に裁縫箱だ。お前の昔の女にお針子がいなかったか?」

「俺はそんな女は知らん。もういいその話は。帰った帰った」

同僚を追い出し、ふと振り向くと、姫の裁縫箱がある。この家に来る時に持ってきた物のようだ。

姫に尋ねると、近所で裁縫を習っているので、そこに行っていると答えた。習い事なら仕方ないが、どこの家に行っているのか聞くと言葉をはぐらかし答えない。

兵部は夜の勤務があり、しばらく家を空けると嘘をつき、様子をうかがった。どうも怪しい。他に男がいるのではないか。

するとこっそりと出て行く寄姫の姿があった。

(姫、どこへ行くのだ)

こっそり後をつけたが、夜に紛れて姿を見失ってしまう。

次の日も、また次の日も夜になると出かけ、朝方に帰ってくる。しかもなまめかしいあくびなどしながら帰ってくる。兵部はあの滝での幻想的な夜を思い出し、嫉妬にかられた。

（この女、他にも男がいるのか……わしを騙したな）

裏切られた男の怒りは頂点に達する。

4日目の夜、ついに家を出て行く姫を捕まえ、持っていた刀でエイ！　と切りつけた。

「わしを裏切り、どこの家に行っているのだ！」

「何をなさるんです！　ひどい……」

「待て！」

姫は走っていった。あっと言う間に姿を見失う。姫が流した血をたどると、あの白糸の滝だった。

滝のそばの大きな穴倉まで続いており、中を見ると、血を流した大蛇がいた。

「へ、へび！　ば、ばけもの！」

するとその大蛇は兵部の首に飛びつき、とぐろを巻きこう言った。

「あなた様と離れがたきは、まことのことにございます」

「ぐううう……苦しい……」

大蛇は真っ赤な目をして答えた。

「私とは一生離れぬと、ここで抱き合い話したではないか！」

「わしは……姫と約束し……じゃが、化け物となんか嫌じゃ……」

う。


「あの夜どんな私も好きだと言うたは嘘か！」

大蛇は怒り巻き付き、兵部の首をギシギシ、と縛り上げた。

その後、兵部は行方不明となり、白糸の滝では裁縫箱と兵部の刀だけが落ちていたという。


それから、この白糸の滝で寄姫を見かける者もいなくなった。

今も滝の前に幻想的な女性が見えることもあるそうだが、心霊スポットとして扱われている。

寄姫の女の思いは怨念となり、今も幸せな女性を見ると嫉妬から不幸にさせられる、と言い伝えられている。

どんな時代も男と女は愛と憎悪が紙一重だ。

十六　旧佐敷トンネルの幽霊坂（葦北郡　芦北町）

ここは県南でも有名なトンネルだ。

その近くには「幽霊坂」というないはずの道が現れ、もしくは道が突然消えてしまうという坂がある。

トンネルまでの道のりはカーブの多い山間、峠道でありかなり険しい。あるカーブの場所で幻の道が現れるのだという。

当然、運転手が惑わされ、車ごと崖から転落したり、林に突っ込むという自損事故が絶えなかった。夜だけでなく昼でもそんな現象が起きた。

またこのトンネル内では肝試しに歩いて入った者も神隠しに遭ったと噂がある。

豊田さんがお盆に帰省したときのことだった。

友人が旧佐敷トンネルがどんなものか見てみたいと言い出した。豊田さんはあまり気乗りがしなかった。というのも彼は霊感があったからだ。

葦北の海水浴に行くのに、友人たちはこの佐敷トンネルを通ろう！　とうるさい。仕方なく行くことになった。

豊田さんは前日の夜に妙な夢を見ていた。

国道3号線から旧道に入り細い山道を進む。左側に大きな木があって、黒い靴が走行車線上に落ちている、白いシートが斜面に落ちている。

首のない地蔵が左側にある……。

そこで人影が見えて、夢から覚めた。

当日の朝、友達が迎えに来て、車で乗っていく。

昨夜見た夢と全く同じ風景が広がっていた。白いシートも黒い靴も、そして地蔵も。それから……それから確か……！

ずっと寒気が止まらない。ついに豊田さんは口を開く。

「危ない！」

運転手に止まるようハンドルを押さえ、声をあげた。

「どうしたんね！」

運転する友人は驚いて旧ブレーキをかけた。キキキーっと鳴る。

フロントガラスの目の前を、黒い人影のようなものが横切った。

「うわ、あっぶにゃあねえ（危ないね）」

運転手の友達やみんなはその人影を見たが、走り去ったというより浮かび上がって消えていったような感じ。

「ゆ、幽霊か……？」

「やべえ、ほんとに出た」

豊田さんはこれ以上は身の危険を感じて、この車ごと持っていかれると友だちを説得し、引き返すことにした。

その後、あの道でまた自損事故が起こったと聞いた。

ちょうど豊田さんと友だちがあの影を見た数分後、トンネル前で林に突っ込む事故が起きていた。

急にハンドルが取られて、突っ込んだという。反対の崖ならもう死んでいただろう。

あの影にもし車ごとぶつかっていたら、事故にあったのは豊田さんたちだったかもしれない、と語ってくれた。


旧佐敷トンネルは佐敷太郎峠にあり、細くくねくねとした国道3号線の先にある。薩摩街道へ向かう難所の峠だった。

この峠は三太郎峠と言われ、他に津奈木太郎峠、赤松太郎峠がある。

幽霊坂と言われるのは、昼間は見えないが、夜になると崖の方に道ができて見え、そちらへ向かって走ると崖から車ごと墜落してしまうのだ。何台も落ちているが、地元の人にはそんな道が見えないという。

そして近くには目と鼻と口のない地蔵がある。享保時代に作られたので、車の事故のために作られたものではない。

一般的に地蔵は、江戸時代に道祖神の信仰と結びつき道端に祀られるようになった。その後民間信仰の石仏となり、村の繁栄や厄災が入らないよう道の辻に置かれた。もしくは事故や行き倒れ等の不幸があった場所が多く、死者を供養したり行路安全を願うため置かれた。

この峠も難所の峠であったことから、そういう因縁はあったのかもしれない。

十七　天草一号橋　瞳の中の女（天草市）

天草1号橋を渡った付近に幽霊が出るというのは、橋ができてしばらく経ってからのことだった。

橋が架かるまでは、元は船で島々を渡っていたので、ひょっとすると水死した遺体が浜や岸壁に流れ着いたことも多かっただろうから、そういった魂が見えることはあるだろう。

1936年に念願の橋がかかる。三角町から大矢野島、そして天草の5島を繋ぐ天草5橋が完成した。交通輸送が可能になり、観光も増え発展していった。

有明海を渡る橋というのは、実に爽快だ。

島々の絶景を見ながら、ドライブするためだけに天草観光に行く人も多い。

大学ラグビー部のみんなで、天草の温泉に行った時だった。

溝田さんは2年生。大きなバスで30人位だったか、温泉地に着いた。練習の後からのスタートだったので、天草1号橋を渡る頃にはもう真っ暗だった。

隣に座っていた女子マネージャーのRが、

「あ！」

と声をあげた。

溝田さんは元々霊感があり、やっぱり見たんだな、あの橋の所に立っていた女性を……と感じていた。

「何か見た？」

「あ、いえ……」

Rはおとなしい子だったので、ただ目を伏せるだけだった。

温泉の後、宴会場で先生やメンバーで騒いでいると、Rの姿が見えない。別のマネージャーに聞くと、バス酔いしたらしく部屋でふせっているという。

それから一週間して、Rはやっと部活に来た。だが顔色が悪く溝田さんはいやな予感がした。

すぐに部室に連れて行きRの話を聞いた。

「実はあの1号橋渡ったとき、白い女の人の姿を見たんです。それから急に気持ち悪くなって、頭が痛くなり、吐いたり……病院ではウイルス胃腸炎って言われたんですけど……

薬飲んでも効かなくて、まだむかむかするし、とにかく涙が出るんです」

　とRはぽろぽろと涙を流した。

「それから少ししたら、金縛りにあって、白い女の人が上に乗ってきたんです。その人は起きてても目をつぶっていても、ずっと目の前にいるんです！　信じてくれないかもしれないけど」

「わかってるよ。Rさん見たときからその話、信じるよ」

　溝田さんはRの目をじっと見つめた。

「Rさん。怖いかもしれないけど……Rさんの両目に女の人が映ってる。白い服で痩せこけて髪の長い女の人が。僕に向かって手を動かしてるよ。その女の人でしょ？」

「えー！　そ、そうです！」

　Rはその場で泣き崩れた。だが溝田さんはRの肩を抱きかかえ、

「Rさん、キツいけど目を開けて！」

　Rは必死で目を開けてくれた。その瞬間、溝田さんは言った。

「さっきからお前を見てるんだよ！　つまらん事すんな、出て行け、早く帰れ！　二度と来るな！　これ以上許さんぞ！」

　と、その目の中の女に強く言い放った。

　するとRはスーッと意識を無くすかのように力が抜けた。Rの目を見ると、その女の人

は消えていた。Rはしばらく休んで帰っったが、その後は大丈夫だったという。溝田さんはそれから心霊現象に悩む女子達からラブレター並に相談の手紙をもらうようになった。

天草に橋が架かると、そこから飛び降り自殺をする人も多かったという。そうした地縛霊が憑りつくケースもあったようだ。

十八　神隠し　道案内した山の霊（葦北市）

溝田さんのおじいちゃんは芦北でみかんを作っていた。

おじいちゃんおばあちゃん子だった彼は、夏休みになると球磨から芦北に行き、小学校3年生の頃には1人で電車に乗って行くようになっていた。

電車で芦北に着き、祖父母の家に行くと、誰もいない。

多分、祖母はゲートボールか買い物に行ったのだろうと思い、ゲートボール場に向かおうとしていた。

ただ、子供だった溝田さんはその時、祖父の連れて行ってくれたみかん山の方に行きたくなってしまった。

みかん山から眺めた景色はすごくよかったし、みかんを載せた小さな電車（トロッコ）のような機械が好きだった。小さかった溝田さんもそこに乗せてもらったりしたことがとても楽しかったからだ。

ただ、みかん山へは1回しか行った事がない。ただ、家から見える山だから……という子どもらしい安易な考えだけで、山へ入ってしまった。

舗装された道を登り、そこから脇道に入るのだが、思い出せずに勘で脇道に入ってしまった。

みかん山は脇道が全部同じ作りになっているせいで、どこまで行っても同じ景色。当然迷子になってしまった。背も低くて、みかんの木のほうが高いくらいなので、どこに誰かがいるのかも、見当がつかない。

歩いても歩いても同じ景色が続く。

「おじいちゃーん！　おじいちゃーん」

声を上げても誰もいない。

ついに泣き出しそうになった時、遠くに人影が見えた。

見ると、知らないおばあさんだった。

おばあさんは溝田さんに気付かず、

「すみませーん！　おばあちゃん！」

と叫んでも、全然気づいてくれない。

仕方なく、走ってそこへ行こうとすると、そのおばあさんもまた歩き出した。

おばあさんはずっと溝田さんに背中を向けたまま、歩き続ける。溝田さんが早歩きしても、走ってもおばあさんに追いつけない。

でもこのおばあさんにさえついていけば、帰られるとなぜか思っていた。

だがおばあさんはどんどん山奥に入って行くように思えて不安になり、とうとう泣きながら歩いた。するとと急におばあさんがいなくなった。

「おばあちゃん⁉　どこ行った？」

慌てておばあさんが消えた場所に行くと、少し開けていて、まわりがみえるような場所だった。

すると少し上の方で、みかんの木の下で休憩をしている溝田さんの祖父を見つけたのだった。

「おじいちゃん！」

泣きながら走りよると、祖父はたいそう不思議な顔で見た。

「どうした？　来とったとか。何でここがわかった？　1人か？」

泣いているかわいい孫に向かって祖父も慌てて迎えに降りて、走り寄った。

溝田さんの親の手違いで、その日に芦北に行くとは祖父母に伝わっていなかったのだ。

祖父は1人でみかん山に来たことを叱ったが、孫に会えて嬉しそうにしていた。

そして溝田さんは聞いてみた。

「さっきのおばあちゃんはどこにいったと？」

「え？　そんな人、おらんよ……誰のことや？」

「僕をここまで連れてきてくれたおばあちゃん」

「？　知らんなあ」

祖父に聞くと、このみかん山でそんな人は上がってこなかったという。じゃあ、あの人は一体……。


そこから山を下りると、舗装された道路になんと溝田さんの祖母が立っていた。祖母は溝田さんを見るなり、

「どこに行ってたか！　探したぞ！」

とすごい剣幕で怒っていた。

「ゲートボールしてたら、お前が立っとったから、こっちに来いて言ってもぼーっと見て、そんで急に歩き出して行ってしまったから、慌てて追いかけてきたとよ！」

「僕、ゲートボール場に行っとらんよ！」

「ええ？　いや、確かにお前だったよ、他に子どもはおらん」

溝田さんは当然山の反対側になるゲートボール場には行っていない。山で迷子だったくらいだから。

溝田さんと祖父母が会えるよう、導く霊か、山の神様か、溝田さんは危うく神隠しに遭うところだったと当時を懐かしく語ってくれた。

この山は半極山という。何か磁場を感じる名前だ。

十九　線路を歩く下半身（熊本市　北区）

今から40年くらい前になるかな、と荻野さんは語り始めた。

龍田口駅に向かう豊肥線の線路がある。

現在は高架道路ができてなくなってしまったが、以前はそこに踏切があった。

事故や飛び込みなどが多く、それが理由で高架道路ができたかどうかは定かでないが、当時はよく事故で電車が止まったという。

荻野さんと仲間4人で車に乗ってその脇道を走っていた時のことだった。じわーっと汗をかくような、蒸し暑い夜だった。

踏切のカンカンという音が響き、信号で車も止っていた。

「おい、線路！　誰かおるぞ！」

その声に仲間と運転していた荻野さんも線路を見る。

確かに線路には女性の足が見える。

「電車が来るとに、危なかね……女か？」

とみんながその下半身を見た時だった。

線路をスタスタと歩いてこっちに向かって来る。

よく見ると、腰から下しかなかった。

腰から上は、無かったのだ。

「足しか無かぞ！　あの女！」

荻野さんは信号が変わるとすぐに猛スピードで発車した。車内の４人が確実に見ていた。

今でも鮮明に覚えているという。

その踏切では線路手前で車がエンストしてしまい、動かなくなった、線路内で立ち往生したなどと奇妙な事が多かったという。

二十　熊本藩の御國酒と鷹（熊本市　南区川尻）

江戸時代、肥後細川藩には1つの酒と決まりがあった。それを「御國酒」とし、他の藩で作られたお酒は「旅酒」と呼ばれ、流入を禁止されていた。

熊本では球磨焼酎も有名だが、それは相良藩の御國酒である。肥後細川藩では「赤酒」（灰持酒）が御國酒として愛飲されていた。

現在に至るまで、熊本のお正月に飲むお屠蘇酒は、この赤酒に屠蘇を入れたものが通常だ。菊池の方では赤酒だけでお屠蘇とするところもある。

「灰持酒《あくもちざけ》」は、酸を中和し保存性を高めるため、もろみを搾る前に「木灰」を入れる。「木灰」を使うことにより、独特の芳香を持つようになり、またその性質は微アルカリ性かそれに近いものとなる。

時間の経過とともに、糖分やアミノ酸が反応し、自然に赤色を帯びてくることから「赤酒」と呼ばれるようになったようだ。

ところが、明治以降、特に西南の役以降になると県外からの「清酒」が入ってくるようになった。

藩随一だった酒造で、「熊本を代表する清酒を作ろう」といち早く清酒製造に入った。酒どころの丹波杜氏を招き指導を受ける。

製造を始めて20年後、明治22年のお正月のことだった。

初代の太八氏が、酒蔵の戸を開けて新春の光を蔵に入れようとした時のことだった。

ふいにバタバタと何かが飛び込んできた。

「うわ！　なんだ！」

驚いたが、よく見るとそれは鷹だった。

どうやら雀を追って鷹が舞い込んだのだろう。

その鷹は、この蔵の中を飛びまわった。

その姿が雄々しく、勇ましく、美しく。太八は目を細めてそれをみていた。そしてふと思いつく。

「正月の鷹……これはなんとめでたい瑞兆だろう」

とつぶやき、太八は、大きな希望を感じたという。

そして酒銘を「瑞鷹」と名付けた。

その後熊本県酒造研究所（香露）を設立し、後の名酵母、熊本酵母が作られた。今も尚、県下にとどろく酒造であり、赤酒も清酒、焼酎も日本中で知られ、愛されている。

鷹は今も羽ばたき続けている。

瑞鷹株式会社の江戸後期から続く本蔵にある建物は、先の熊本地震にて壊滅的な被害になっていた。安政3年の蔵は、壁が落ちて中身の漆喰や釘、竹など構造まで見えるようだった。

しかし酒の主成分となる阿蘇からの伏流水の地下水は120メートルもの深い井戸のため少しの濁りもなかった。

熊本酵母も、山田錦など酒米も変わらず、清酒造りに欠かせないものは残っている。そして造る人々の技も心も変わらない。

◆　◇

清酒を作るのに欠かせない酵母。日本醸造協会の協会9号酵母がある。短期もろみで香りが高い。強い発酵力で吟醸用に適している。国内の吟醸酒、大吟醸に使われていることが多い。

これは熊本酵母が元になっている。

ＹＫ35といわれる大吟醸の最高比率があるが、Ｙが原料の酒米「山田錦」これは兵庫の特Ａ地区（最優良地帯）で栽培されたもの。コシヒカリでいえば魚沼が特Ａ地区である。

Ｋは熊本酵母。これを協会９号酵母と言う人もいるが、９号となると熊本酵母と元は同じでも培養するにつれ、少しずつ変化する。　やはり大元の熊本酵母をＫとするのが王道だそうだ。

35は35％精米という意味だ。

熊本酵母は熊本酒造研究所にて脈々とその命を受け継ぐ。

もちろん作り方は門外不出であり、世界から狙われるほどの貴重な酵母だ。

二十一　白川小学校の七不思議（熊本市　中央区新屋敷）

白川小学校は私の3代前から通う歴史の古い小学校。96歳の大叔母が入学の頃に現在の鉄筋造りの本館（古校舎）が建ち、校庭にある大榎はすでに大きかったという。

もう1人の大叔母もここで教師を勤めた。戦時中、空襲で木造校舎は燃えてしまったが、鉄筋校舎だけが残った。

その屋上には焼夷弾の不発弾が刺さったままだったという。

現在は取り除かれたが、機銃の弾痕なども残るという。私が通学していた頃は校舎自体が茶色だったので、戦火で燃えたからこんな色なんだと思っていたが、元から茶色だったようだ。現在も修繕しつつ、校舎として健在だ。

また、敬意を表し古校舎でなく「本館」と呼んでいた。

この小学校は言い伝えで7不思議がある。今はどう変わったかわからないが、昭和初期からあるものも含めるとこうだ。

・運動場の10メートル下にはミイラがいる。
・二宮金次郎（銅像）が夜に歩き回る。
・校門横（裏庭）の2人の銅像が入れ替わる。
・音楽室にある写真のベートーベンが動き出す。
・理科室の人体像が深夜になると動き出す。
・大榎の周りで幽霊がかごめかごめをしている。
・本館の古いトイレの1番奥のトイレは便器から手が出る。

特に7の古いトイレは私も怖くて行けなかった。だが、一度だけ使ったことがある。それは友人の霊経験から始まった。

それは私が小学校4年の時だった。友人の美咲は霊感が強くひどく怖がりだった。

本館の隣の新校舎では1階に家庭科室があった。そこがクラスの掃除場所で、その日は美咲が担当だった。

美咲がほうきやモップぞうきんで床を掃除していると、何となく外からの視線を感じた。

窓を見るとおかっぱの少女が背を向けて立っている。頭の後ろ側と制服の背中の釣り紐だけが見えた。腰くらいから上が見えた振り向かないでずっと立ち尽くしている。

もしかしてあのおかっぱ頭は友人の道子？　と思い、

「道子ちゃん？」

と近寄って声を掛けた。反応がない。窓を開けないと聞こえないかと思い、窓に近付くと一瞬のすきにその姿が消えてしまった。

その時、背後から、

「美咲ちゃん」

と声を掛けられた。振り向くと道子だった。

「何だ、道子ちゃん。さっき外で後ろ向いて立っとったろ？」

道子は不思議な顔をして答えた。

「外なんかおらんよ。職員室呼ばれとって、今来た」

「え？　なら外におったのは誰……？　おかっぱの子だったけん……」

「外？　外庭の掃除してる人じゃないと？」

慌てて2人で外に出てみる。すると家庭科室の外は窓まで1メートル60以上の高さがあり、どんなに背が高くても腰より上の高さにはならない。まず小学生で190センチ以上の身長がないと無理なのだ……美咲はぞっとした。

美咲はそれから学校に来たがらなくなり、来ても泣いてばかりいるようになった。

私は美咲の話を聞いて、それは窓に映った美咲の姿なんじゃないかと話した。今思えば無理があるが、確かにその家庭科室の窓は偏光して自分の姿が鏡のようにも映るのだ。ちょうど家庭科室の隣に、本館の例の7不思議トイレがあった。

美咲を連れて荒療治のつもりで、そのトイレに入った。

「ここでもしおかっぱの霊が見えたら本物、無かったら偽物」

「そんなのでわかるとね？」

「わかる」

私も彼女の怖がりを直そうと必死だった。

昼間でも不気味な暗さの古いトイレだったが、奥に私が入り、その手前に美咲が入る。お互い怖がらないよう、隣同士ドアを叩きあおうと言っていた。しばらくは叩いていたが急に止まり、

カチャ　と音がして美咲が出て行く音がした。

もう逃げるのか！　と怒って私が出ると、ちょうど美咲が出て来るところで、２人とも同時に顔を合わせ、

「ギャー！」

と走って逃げた。

後で聞くと、美咲も隣でカチャっと私が出る音が聞こえたので慌てて出たのだと言う。

私の確かに聞いたあの隣のカチャという出て行く音、あれは誰が出て行った音だったんだろう。他にはそのトイレに誰もいなかった。

もしかしたら小学校7不思議は本当なのかもしれない。

今の校舎にあのトイレが残っていたら、一度試してみるといいだろうが、あまりおすすめはしない。

おかっぱの霊はまだ解明できないが、空襲の時はたくさんの児童が亡くなった。当時もまだ通い続けていたのかもしれない。

先日、私は校庭にて、懐かしい本館をバックに自撮り写真を撮った。昭和初期の建築様式の独特の窓は、元は上下に開閉するものだったと思う。これは低学年の頃なので定かではない。

私が通っていた頃には窓枠がサッシに変わり、前後に開く形になったと記憶する。

それは、当時通っていた児童が窓から首を出していた時に、上から落ちる窓のせいで、ギロチンのように落ち、軽症だがケガをしたから、と聞いていた。また指を挟んだ子もいた。戦後もそのまま使っていたわけだから、老朽化は進んでいた。

そしてその窓と一緒に自撮りした写真をＳＮＳに上げた所、霊能者たちから窓に霊が映っている！　と言われた。

本当に窓でケガをした人は確かにいたので、あの昔の窓の事故はもしかして……と思うとゾッとした。もしくは私と記念写真に出てきてくれたのかもしれないが。

だが、白川小学校は大好きな学校だから、これ以上の怖い話はまた後日別の場所で多くの卒業生たちと語りたいと思う。

歴史が古い場所には、さまざまな因縁がつくが、それも愛される理由になっている。代々敬愛する小学校だ。

二十二　高速道路バラバラ事件の真相（玉名市）

清村さんが山口県へ出張の帰りの話。

熊本に帰ろうと夜に九州自動車道を走っていた時のことだ。

疲れていたのか、久留米を過ぎたあたりから中央分離帯に人が立っているように見えた。

うっすらそう見えたので、最初は気のせいかと思っていた。

だがまた薄く人が立っているように見える。

数回見えて来るので、これはまずいとパーキングで1回休憩をする。ドリンク剤を飲み眠気も覚め、再度高速に戻った。

だが玉名を過ぎたあたりで、今度はくっきりと中央分離帯のところに、赤い服を着た女性が手を前に組んで立っていた。

「やっぱり誰かおる……」

清村さんは呟くとそちらを見ないようにした。

その女性は通り過ぎる車の中をじっと見ているようだった。
見たくないが、横を通り過ぎる時にちらっと顔を見たら、
カッと見開いた目で見られ、しっかりと目が合ってしまった。
通り過ぎてバックミラーを見たらまだ同じ場所に立っていた。
「怖ええ……何だあいつ」
清村さんは身震いして家に帰り着いた。

実家に着いたら、母親がテレビを見ていた。

「ねえ、バラバラの死体が見つかったの知っとる?」

「知らんよ。どこで?」

「高速道路ってたい。福岡と熊本の間で」

「え?　高速……?　今通ってきたばい……」

ニュースを見ると、その事件のニュースが流れていた。

ちょうどバラバラ死体が見つかった時、清村さんが運転していた時と同時刻だったということ。

10年以上前に福岡の美容師さんが殺され、遺体はバラバラにされ、何ヶ所かの高速のパ

ーキングのゴミ箱に捨てられていたという。

あの時高速で見た女性は多分、その被害者の霊体だったと清村さんは語る。

赤い服に見えたのは、全身を切られた時の血が服に染まっていたのだったのかもしれないと。

二十三　神風連　添い寝する志士
（熊本市中央区　桜山神社）

桜山神社の中に、神風連資料館と、石碑群がある。

明治に起き神風連の乱のあと、切腹含め殉死した志士の碑が道の両側に並ぶようにして置いてある。

正式には神風連慰霊碑なのだろうが、皆「神風連」と呼んだ。

今はもう綺麗に整備されているが、昔は崩れかけ、木が生い茂るような場所だった。道の両側にお墓のように並べられ、それも苔が生え崩れたように不気味だった。

美月さんは小さい頃、ここをおばあちゃんに手をひかれ歩いた。

おばあちゃんは鹿児島の出身で、ここが好きではなかった。

「ここはね、薩摩から戦争に参加して、熊本で亡くなった兵士がいるからね、帰りたい～っていうそういう怨霊が出るんだよ」

という本当かわからない噂を美月さんにしていた。

でも美月さんは何となくその小さな崩れたお墓が可哀そうで、近くで花を摘むと、そこに持っていき置いてあげるようにしていた。神社の神主さん夫婦が中に住んでいたようで、時々やってくる美月さんに声を掛けてくれていた。

この向かいにおばあちゃんの家があったが、それからすぐ亡くなり、立て直して美月さん一家が住むことになった。

ここに住むようになったときは美月さんも成長し、24歳になっていた。花麗しい頃で美人ともてはやされていた。だがなかなか彼氏ができない。できるのだが、相手にすぐ不幸が起きたり、突然かんしゃく持ちになったり、相手のせいで長続きしないのだ。

その日も3か月付き合っていた彼の浮気が発覚して、別れたばかり。久しぶりに神風連の中に入った。

桜山神社の神主さんは亡くなられ、奥様もすぐに亡くなられた。思い出深い場所に、花を手向けに行った。

近所では神主夫婦の急死についても、神風連の祟りだと噂が流れていた。しかし美月さんは祟りなど考えていなかった。

「いい出会いがありますように」

でも悔しくなって言った。少し涙が出た。

「あんな男、地獄に落ちればいい」

神社にお参りし、背の高い石碑や小さな墓碑に頭を下げて帰った。

その日の夜から、奇妙な金縛りに遭うようになった。

ゴオと台風のように風が入り込む。窓は閉まっているのに。

そして体がピキーンと動かなくなった。体の中を何か見えないものが通り抜けるようだ。

怖くて目を閉じていると、顔を撫でる手が感じられた。そして、明らかに隣に誰か寝ている！　目を開けるのが怖くてそのままでいると、

「そのままで」

と耳の奥で深く響くような声が聞こえた。自分と同じくらいか、それより下かわからないが若い男性の声だった。

目を開けたら殺される！　と思ってじっと金縛りのままでいると、顔や髪や、体のあちこちを撫でられ、そこで意識が消えた。

次の日も次の日も同じように風が吹いて同じことが起きた。

そのうち撫でるのでなく、手を握るようになった。手をつないだままの時もあった。最後は意識が遠のくので覚えていない。

だんだん相手の体の感触もわかるようになってきた。横で寝ているだけだが１７０セン

チメートルくらいで体ががっしりしている感じ。撫でる手は大きく温かい。

見るのが怖かったがそっと薄く目を開けてみた。

ランランとした大きく見開いた目が見えた。

（やっぱり見ている、この人（霊）ずっと私を監視している！）

その瞬間全身の毛がよだつような寒気がしたあと、また金縛りにあって、朝まで眠り続けた。


翌日は休日だった。

ぼんやりとメールを見ていたら、この前別れた彼から謝りの連絡と、今から会おうという内容だった。

神風連の裏に駐車場の広場があり、そこで待っているという連絡だった。慌てて支度をして出ようとするが、昨夜からどうも体調が悪い。

美月さんは車を月極で置いていたので、車の中で話し合うことになった。

ちょうど神風連を背に2人で運転席と助手席に座る。

彼は乗り込むとすぐに美月にベタベタ触ってくる。

「美月、許してよ～これからどっかドライブ行かん？」

「いやよ何でいまさら……」

その瞬間だった。彼がバックミラーを見て叫んだ。

「誰か覗きよる！」

と、ドアから出て走って逃げていった。慌てて追いかけると、

「お前、誰か連れてきとる！」

と走って逃げていった。その彼はもう連絡をよこさなくなった。

後で聞いたらパチンコの借金で首がまわらなくなり、女性と付き合ってはお金を巻き上げていたダメ男だった。

その夜からは添い寝の霊は来なくなり、金縛りもなくなった。美月さんは少し寂しい気がして、2階の窓から神風連を眺めた。

そして驚いた。2階部屋の窓と神風連の碑は同じ高さにあった。

また花を摘んで志士の墓の前に置いた。

きっと神風連の乱で若くして亡くなった兵が、助けにきてくれたのだと。ダメ男と付き合うなよ……と言われた気がした。

その後、美月さんは結婚し、年齢も年齢なのでもうあの若武者は来てくれないんだわ、と話している。

明治維新を迎えた後、旧藩の士族は党派に分かれ、横井小楠をはじめとする実学党を中

心に外国文化を取り入れた政策が中心になっていた。

それに対し敬神党は新開大神宮の宮司、太田黒伴雄等を首領とした志士の集まり。170名が反乱を起こし神風連の乱を起こした。特に廃刀令に対しての怒りと、思想、宗教戦争だとも言われる。

神風連《じんぷうれん》とは少し馬鹿にした言い方だそうだが、日本古来の神道を敬い、大和魂を持った士族たちだった。

乱の後は50人捕縛一部斬首など、厳しい処分となった。自刃や戦死を含め、124名が亡くなった。その後西南の役で薩摩軍についた者もいたという。

今も桜山神社にて志士の慰霊碑がある。故三島由紀夫もここをよく訪れ、「奔馬」などを執筆した。

二十四　階段を降りて来る霊（八代市）

横田さんが高校生の頃、拝遥神社の境内に行った時の事だ。ここで幽霊を見たと高校の友人が言うので行く事になった。

霊感がある横田さんはずっと寒気が止まらなかった。広い駐車場の正面に鳥居があり、そこから石段があり神社の境内になる。

右側の森が何となく気になり、友人のSに言う。

「横の森を写真撮ってみて」

Sはデジカメのシャッターを押すが、壊れたのか押せない。

横田さんが借りるとシャッターが押せた。

上の鳥居のところにのぼると、四角いお賽銭箱のようなものが浮いて見えていた。

横田さんとSは茫然とそれを見ていた。

「見た？　あれ」

「うん……見た、何……あれ」

Sが慌てて写真を撮ろうとシャッターをパシャっと押す。

その瞬間、白いその物体は消えて、石段の上に人の形のようなものが現れた。Sは驚いてガタガタ震え出した。

「うわ、また変わった！」

「Sも見える？　人かな……あの形」

「う、うん、少しはっきり見えてきた……」

「もうくっきり見えてるだろうけど、よく見て、少しずつ下に降りてるよ」

その人の姿は消えては階段の右に、消えては下の段の左側にと2人の方へ近づいてきていた。Sはそれを見ると叫び出し、

「うわー！　逃げろ！」

Sは乗ってきた自転車に乗って逃げだしてしまった。

横田さんはその人の姿に
「すみません。あなたはここにいてはダメですよ」

と言い、元来た道を戻りSを見つけた。

Sはお弁当屋さんの駐車場にいた。

さっき見た人の姿は霊だったのかと話していると、同級生の女の子達がやってきた。

「何してるの～！」

Ｓは興奮して、今見た神社の霊の話をした。

「私たちも行きたい！」

「やめたほうがいいって！」

横田さんとＳが止めるのも聞かず、仕方なくまた女子達についていくことになった。

途中でつぶれた喫茶店やレストランを通ると電話ボックスがあった。そこに近付くとまた横田さんは強烈な寒気がした。「何か聞こえん？」

耳を澄ますと、小さな電話の音が聞こえた。

「ジリジリン……ジリジリン……」

女子たちが驚いて、

「電話ボックスから？」

と言った瞬間に、

「ジリジリン！　ジリジリ！　ジリジリ！」

と凄い音で電話が鳴り出した。

「うわあぁ」

と女子たちが走って逃げた。

そこから、鳥居が見えた。

さっきの女性の霊は鳥居の下に立っていた。

横田さんとSはそのことを戻ってみんなに話したら女子は震えていた。


次の日に学校に行ったら、女子がさっそく話して噂になっていた。

「昼間にまた行ってみらん？」

と、女子が騒いだ。あれだけ怖がったくせに。

Sは平然と答えた。

「行かんよ部活あるし」

「じゃあ横田くん行ってみらん？」

「行かんよ。あそこで見えるのは、赤、片足、紐」

横田さんは答えた。

「へ？　何それ？」

女子とSが不思議そうな顔をして横田さんを見ていた
次の日……Sが教室に駆け込んできた。

「横田！　赤は赤い服、片足は片足の靴がない、紐は首吊り!!」

Sは神社の近くに住む人に聞いたそうだ。

赤い服をきた20代の女性が首吊りをして、靴が片足なかったという。しかもその場所は、最初にシャッターが押せなかった森の左側だったそうだ。

二十五　古い箪笥から現れた目（熊本市　西区）

熊本市の西区は伝統的な家屋が多く、お寺や閑静な住宅街で、夜は静かな街となる。Mさんはこの近くの保育園で保育士をしていた。

同じ保育園に今年入ってきたA先生が、最近独り暮らしをはじめて、引っ越したら体調を崩しやすくなったという。

見るからに様子がおかしくなり、休んでいるが電話しても出ないようになったので、Mさんは家まで見に行くことにした。

A先生のアパートの2階で取りあえず呼鈴を鳴らしたら、すぐに出てきた。

明らかにやつれて別人かと思った。

取り合えずどうにか元気を出させないとと思い、

「ご飯食べながら話をしない？」

するとA先生はおずおずと答えた。

「私が外に行くと寂しがるから……すみません、行けません」

「じゃあ寒いから少しお家のなかで話せない？」

と聞いて、少し家の中を覗いた。真っ暗で嫌な空気だった。

「家の中もちょと……明日連絡するからすみません」

と言って先生は家の中に入って行った。


Mさんは親にそのことを相談すると、知り合いのまっぽすさん（霊感士）のYさんを連れて先生宅にいくことになった。

Yさんが部屋の前に立ったら、すごい耳鳴りがして、キィーンと左耳が痛くなったという。呼鈴を鳴らすと、すぐにA先生は出てきたが、明らかに取り憑かれた顔だったという。

だが取り憑いた霊が見えない。

取りあえず水を飲ませて、Yさんは彼女の頭に語りかけたら、A先生は泣き出して崩れ落ちた。

Yさんはアパートの前に連れ出し、

「きつかったね、もう大丈夫だから、女の人がいるんだよね？　その女の人が寂しがるんだね？　その女の人は生きてる人じゃないよね？」

すべての質問に泣きながら頷くA先生。

「中に入ってみてもいい？」

と聞いたら力なく頷き、MさんとYさんは自分に塩を振って部屋に入った。

中は真っ暗。電気を点けたら、中は普通の女の子の部屋。

しかしその中に、古いタンスと化粧台があった。

その隙間から、Yさんは凄い視線を感じた。

「ここにいる！」

化粧台の引き出しの隙間はたぶん5センチ位で、そこに女の霊がゆっくり周りながら立っていた……年は20代で白のワンピースを着ていた。

「ここに1人、霊はまだいそうだ……」

タンスは3段で1番下の引き出しが気になった。

引いたら、隙間が出来た引き出しの中から、白い指がバッ！　と出てきた！

「うわ！」

Yさんもビックリして後ろに下がる瞬間に足で引き出しを閉めて、すぐに塩を投げて、水をかけて部屋の窓を全部開けた。

引き出しからは「ヴぅ～あ～～」と低い声が聞こえていたが、塩を振りかけ、3人でそのまま外に出た。

取りあえずA先生はMさんの家に泊まらせて、もう部屋に入らないように伝えた。

それから実家に戻し、すぐにアパートを解約するようにしたという。

不動産屋にはあった事はすべて話したが、特に驚きもしなかった。事故物件ではないと言い張ったが怪しかった。

ただ、後で聞くとそのアパートのでは昔、強盗犯が入り、姉妹が殺されたことがあったという。この部屋ではなかったようだ。

タンスと化粧台はそのアパートの元の住人が置いていったものだったらしいが、その姉妹の持ち物だったのではないかとYさんは語る。

二十六　田中城跡の和仁銅像前の怪（玉名郡　和水町）

玉名郡にある城跡、田中城跡は古い平山城の跡である。

東京から遊びに来た高田さんは、この田中城跡に行くつもりで車を走らせていた。映画の舞台にもなった場所、どんな場所なんだろうと、ただの物見遊山に、レンタカーを借りた
「それにしても山奥だな。こんなところで本当に戦なんかあったのか？　のどかとしか言えないな」

知り合いに紹介された店で買い物をし、この辺りの話を聞いた。

「こんな山奥までありがとうございますね」

「いやあ、確かに田舎だねえ。ここは夜は真っ暗になるんでしょ。早く帰らないと日暮れになりそうだよねえ」

「この辺りは昼間でも事故多いみたいですから、運転は気をつけなさらんと、危なかですよ」

そのご主人は顔立ちも外国人のように色白で端正だった。

熊本ではこんな所にも美男子がいるものだ、と感心していた。

顔つきといえば……先程道であったおばあさんの話をした。

「そういやねえ、途中の道で、日本人とも言い難い無国籍な顔立ちのおばあさんが石垣に腰かけて見ていたんですよ。ちょっとびっくりしてね、なんでこんなところに人がってね」

「ほらほら、そうやってよそ見すると危なかとですよ、特にこの辺り、見通しの良かねえ～って思っとると、急にカーブしたりしますけん。よう車の事故が起きるとですよ」

聞くと街道を入った山の方に向かうところで、すこし坂になったカーブがある。そこで事故が多発するというのだ。

高田さんがおばあさんを見かけた場所辺りだ。

聞くと、車が横転したりとかなり危険な事故だった。

そうして田中城跡のある駐車場へ車を走らせた。

道沿いに城跡や資料館用の駐車場があるので、そこに車を停めようとした。平日の昼間だったが車で埋まってしまっていて駐車できない。

そこには和仁氏3兄弟の銅像が立っている。

車をバックさせて、車内からその銅像をじっと見る。誰も来ないだろうからとハンドブレーキを引いて、エンジンを切る。ドアを開けて出ようとすると、突然サイレンのように音が鳴り響いた。

なんと、ギアをPに入れずドライブ（D）にしたままエンジンを切ってしまったのだ。普段は絶対にやらないミス。

ハンドブレーキを引いていたから良かったものの、うっかりしていたら車が勝手に動いたかもしれない。

また変なエンジンの切り方をしたせいか、次はエンジンスタートボタンをいくら押しても動かない。

和仁3兄弟の銅像の写真だけを撮り、また車内で何度か操作するとやっと車が動き出した。

車内から3兄弟に深々と頭を下げて、その日はその場で帰る事になってしまった。

「近づくな」そんな雰囲気で3兄弟が見ていた気がした。

帰りにガソリンスタンドに寄って車の点検を頼んだが、特に異常はなかった。だがどうしても近づけない荘厳さ、重い空気を感じたと高田さんは語る。

「いい加減な気持ちで行く場所じゃないのかもしれないな」と。

田中城は和仁氏の居城で、豊臣秀吉の九州征伐の折、肥後国人一揆としても戦った。和仁氏は土着していた国人で、大友宗麟の配下にあった。

派遣された佐々成政が検地を行おうとしたが肥後国人は拒否。次々起こる一揆に対応できず援軍を頼んだ。

最終的に秀吉は1万人の軍勢で追いつめた。

1万人対千人足らずでの戦いに、和仁氏はよく健闘したがついに城が落ち、見せしめのために籠城した兵は皆殺しにあった。

和仁家は滅亡の道をたどる事になる。


有名な和仁の3兄弟がいる。特に長男の和仁親宗は母親が「南蛮様」と呼ばれる南蛮人（オランダ人？）、その混血児であった。

見た目も色白で頬は赤く、大きく日本人離れした容貌。

そのため「人鬼」と呼ばれていた。

深手を負った親宗は、母親の眠る墓の前まで行き、そこで自害した。

「南蛮毛」という地名はその南蛮様、母親の墓所と言われる。

日本とオランダ人のハーフの武士が、この熊本の国人であったということも非常に興味深い。

しかも名前も「和仁親実《わにちかざね》」と日本名であることから、純日本人と思い込んでしまう。鉄砲伝来やキリスト教布教は、この九州が始まりだったことを思えば、ヨーロッパ人との交流はあっただろう。武家ならずとも百姓や漁師にも混血が生まれる可能性も多かったといえる。

熊本には日本人離れした端正な顔立ちの人が多いのも、やや関係する気がしている。

今は閑静な山の里に城跡がありのどかな山里の風情ではあるが、その昔は領土の取り合いに、血で血を洗う戦場であったことはまちがいない。

二十七　麹智城の共同墓地（山鹿市　菊鹿町）

7世紀の白木江の戦いの後、大敗した大和朝廷は、外国からの防御のために、山城を作る。その西日本の要が大宰府であり、その中継地に麹智城《きくち》があった。

この城は韓国のイーソン城によく似た八角形鼓楼であり、他の山城に例をみない建造物だ。またこの八角形建物が4基見つかっている。八方見えることから、太鼓を鳴らしたり監視をしたりする場所だったのではといわれる。

実際に戦いがあったわけではなく、食料や武器を貯蔵する役割がほとんどで、近くの長者地区からは黒い米が発掘される。元はこの辺り村人が、黒い米がよく見つかるということで、発掘調査が入り、遺跡が見つかった場所なのだそうだ。

防人たちはここに住み、警備を行った。

歴史好きな中村さんは、車で山の上のこの麹智城へ行った。

遺跡から少し行くと長者山というこんもりともり上がった高台がある。展望所に上がると目の前に広がる平野とぐるっと囲まれた山々。360度絶景のパノラマが広がる。

そうか、城が8角形なのは、こうして見渡せるように作られたのだな、と感じていた。8角形ならば死角がないし、全方位山に囲まれているこの平野を見下ろすと、どこから軍勢が来るのかがたちどころにわかる。

その裏に共同墓地があった。この麹智城の案内図にも地図にも載っていない。だが山の斜面からお墓が見えていた。月曜は施設が休みなので誰もいない。

道の途中に小さな地蔵さんもあった。

なぜこんな遺跡の公園に墓地や地蔵があるのかわからないが地蔵様にはお供え物があり、お参りの人がいるようだ。

この辺りだけが村の一角のようであった。

突き出た形の展望台に行くと、下を見れば山の斜面。恐ろしいながらも、熊本の地形が見えるようだ、山に周囲を囲まれ、平野が広がっている。目の前の絶景に田中さんはウキウキしていた。

絶景を撮ろうとしたが逆光のため、背後の共同墓地のある休憩所を背にしながら自撮り写真を撮ろうとしたが、シャッターが降りない。

仕方なくスマホで360度ぐるっと動画を録ることにした。

何となく後ろからじっと見られてる気がして、車に戻った。

むろん誰もいないが、後で動画を見ると、確かに墓地の辺りに人影が見え、映っている田中さんの背後に立っている。

あの墓地は見た限り誰もいなかったはずだが……。

しばらく駐車場にいて、墓地からだれか出てこないか見ていたが、誰も通らなかった。

急に怖くなって車を出発させた。

後日お城の施設に連絡してみた。

「あの共同墓地はどういう人が眠ってるんですか？」

「はい、この近くの方のお墓ですね」

聞くとこの共同墓地は元々からある地元の方々の墓地であり、発掘が始まったことから、この遺跡の土地を熊本県が買ったため、墓地や地蔵様の辻の部分はそのままになっているという。

二十八　蛇石神社のご神体（阿蘇市　赤水）

阿蘇赤水駅の近く、山奥に入ったところにある蛇石神社。

ここを知る人が少ないのはよくわかる。道は舗装されてはいるが、細い道になってくると看板が減り、山奥に入っていく頃にはこれで合っているのか引き返そうか、と思ってしまう。それでも進むと、突然背の高い杉が両側にそびえたち、並木道のごとく整然と開けたような道が出て来る。

奥に行くと大きな鳥居と像、噴水があり、社殿への道には両側に灯篭が立っている。朱塗りの社殿まで歩くと、中には誰もいない。

お守りやお札は無人販売で、お金はお賽銭箱に入れる。このとき邪悪な気持ちになる人は、きっとご利益がないだろう。

私は友人２人と共に拝み、金色のお守りを買った。

ふと夫婦が1組、社殿に入ってきた。しっかりと拝まれたあと、私達に話かけてくれた。

聞くと建設会社の社長で、毎年ここにお参りに来るという。

仕事も含め、色々な災害でも危ない目を潜り抜けてきたという。

そして、生きた白蛇様2体を見る。2か所にあるので、4体が祀られている。少し山に登ると、大きな穴とほこらがある。

その夫婦は、御神体のある「蛇石」とその穴に対してまたしっかりと祈られる。

「この穴は何なんです？」

「ここは他の蛇様がおられる場所です」

普通ならへびの穴と聞くとぞくっとするが、不思議と怖さはなかった。冬の時期は冬眠しているからか、静寂しかなかった。

一緒にいた友人がさらに山の方へと向かって歩いていった。散策でもしているように、右に行ったり左にいったりと木々の間を進んでいくのが見えた。

私は声を掛けて戻るように言った。

聞こえていないようなので、近くに行って連れ戻した。

「山に入り込むと危ないよ」

「ごめんごめん、なんか男の子が私に向かっておいでおいでしてきたから。神社の子かな」

「男の子？」

「うん、神社の巫女さんみたいな恰好してて、でも男の子だったと思う」

「その子、どこから現れたの？」

「あの蛇の穴を見た時かな、すぐ右の上でこっちを見てて、目が合ったら山の中に何となく行かなきゃって気になってしまって」

友人はその子を追って、何となくついていこうという気になったらしい。でも、すぐ姿は見えなくなってしまった、と。

もちろんそこにいた誰も、そんな子どもは見ていない。

神々が住むと言われる阿蘇の山近くには、こうした霊験が多く、一緒にいた夫婦は「白蛇様の使い」かもしれんね……と言って笑顔で去って行かれた。

ここは開運と金運の神社で、霊気と運気が立ち込めたような不思議な空気がある。

二十九　寂心様の大楠の白蛇様

（熊本市　北区　北部町）

樹齢800年といわれる、横に大きく広がった大楠がある。

寂心様の大楠と呼ばれ、この大きな枝葉の緑の傘の下に入ると、背すじがゾクゾクするような寒さと妖気と霊気、まじりあったような空気を感じる。

中世の武将、鹿子木寂心の墓とも言われる場所だ。

大きな幹とうねうねと伸び地上を掴むかのような太い根っこ。

そして幹に大きな穴が開いている。そしてほこらがある。

何百年もこの木の下では、誰が何を感じてきたのだろう。

昭和19年、海軍に志願した荒木貞雄君は西里国民学校の高等科2年。今でいう中学校2年生である。

14歳で志願した海軍。佐世保の海浜団に入団するためこの地を去ることになった。

親御さん親戚、学校の先生はじめたくさんの村人がこの大楠の下に集まった。

「荒木貞雄、行って参ります！」

「がんばらにゃんよ（頑張ってね）！」

まだ幼い顔に、背も150センチメートル程度。小倉地の学童服に運動靴のいで立ちは、まるで修学旅行生だった。

「むぞらしかなあ」（かわいいなあ）

村人たちはこの少年軍人をとてもかわいがっていた。

「お国のためにがんばってこにゃんぞ！（がんばってこいよ）」

「はい！」

樹の下での万歳三唱はここ数年、そして終戦間際の兵隊招集の度に繰り広げられた。みんなで植木駅まで歩き、また万歳三唱で送る。貞雄さんは車中にて母親が作った握り飯を受け取り、故郷を発った。

その頃は皆この樹の下で送り、そして母や妻や子はこの樹の下でひっそりと無事に帰ってくることを願いに来る。

男たちはお国の為に死ねというが、母たちは早く戦争が終わり、わが子を抱きしめる日を願うのみだった。

毎日ほど近く、母はこの大楠に無事を願掛けしていた。

だが願いは叶わなかった。

貞雄君は20年6月に東シナ海にて戦死。

卒業式に出ることも、この樹の下に戻る事も叶わなかった。

熊本西光寺で遺骨を受け取る。コトコトと音がする。海で亡くなった者に遺体はなく骨もない。なのに何の音かと思ったら、
中身は菊花御紋入りのラクガンだった。

14歳のかわいいわが子はラクガン1つで生涯を閉じた。

あまりの無情に母は部屋で泣き崩れた。また寂心さんのもとへ泣きに行こう。誰もいない夜更けに、母親は大楠のもとへ走る。


「貞雄、なんで帰って来れんかったの……待っとったのに……」

誰にも聞こえまいと思ってしゃくりあげ泣いていた。

すると暗闇の中であちこちですすり泣くような声が聞こえる。

(ああ、ここには他のお母さん方も来て泣いておられるのか)

「貞雄、貞雄……戻ってきてくれんね」

母の声にまわりから何度も泣き声が聞こえ、大きくなる。真っ暗でよく見えないが、近くに20人くらいは女性たちがここで泣いている。

次の朝、また大楠の前を通った。

樹の周りにたくさんの人がいたなら、足跡が残っているはずだ……と周りを見る。

だが足跡はない。前の日に雨が降ったから、ぬかるんでいるはずなのに、ひとつもない。

自分が立っていた幹のそばには自分の足跡があった。

(昨日居たのは人ではなかったんだろうか)

もしかしたら、貞雄が霊になって会いにきたのかもしれない、そう思った。

そしてまたその夜も大楠に行った。

すると、そこには何人もの人たちが立っていた。貞雄くらいの子供、兵隊さん、百姓、武士。いつの時代の人なのかわからないような人達が泣いていた。

もちろん、生きている人間ではなかったという。


しばらくすると幹のうどに白い蛇が住むようになったと噂が立った。それはここで祈り散って行った魂が白蛇さまになったとも噂された。今は昔の話だ。

時代が移り、今ではこの下で願うことは変わっていったが、大楠は地震の後も変わらず大きな枝を遠くまで伸ばし続けている。


著者もこの下で写真を撮った。だが霊気が強く、顔が歪んで写った。人の思いが、時空を超え磁場を強くさせているのだ。

参考著書　「長井魁一郎冊子」
長井魁一郎　著

三十　おばあちゃんの鈴の音（葦北郡　芦北）

芦北は熊本の中で最も海が美しく、自然が多く、鹿児島にほど近いので熊本市内や北部の方、阿蘇の方ともまた違う。温暖で人柄も良い人が多い。

豊さんはこの芦北に住むお婆ちゃんの所へ頻繁に遊びに行っていた。孫の中でも豊さんを1番可愛がってくれ、信仰心が厚く、お寺や神社によく行く人だった。

そのたびに豊さんにお守りを買ってきてくれていた。特にお気に入りが、金と銀の大きな鈴だった。豊さんはこれを「お婆ちゃんの鈴」と呼んでいた。

社会人になり熊本を離れてしまった後、お婆ちゃんの癌が発覚してしまった。

きっと治ると思いこんでいて、豊さんはお見舞いに行っていなかった。仕事も始めたばかりで忙しかったから。

「お婆ちゃんが危篤だから帰ってきなさい！」

突然実家から連絡が入った。

仕事を休み、急いで帰ったけれど、高速道路の鳥栖インターチェンジが工事中だったので迂回したため、お婆ちゃんの最後に間に合わなかったのだ。

お通夜、お葬式、あれだけ好きだったのに涙が出なかった。

豊さんはお婆ちゃんが亡くなったと思えなかったから。

本当に数年間は実感がなく、残されたお爺ちゃんに会いに行っても、お婆ちゃんは旅行に行ってると思い、いつも玄関ばかり見ていた。家族も少し豊さんを心配していた。

ある夜、自宅で寝ていると、「お婆ちゃんの鈴」が鳴った。

「シャンシャンシャンシャン」

姿は見えないけれど、その時お婆ちゃんの気配を感じた。

(おばあちゃん?)

起きようとしたけれど力が入らない。

すると頭の上から、

「ゆうちゃん、ここにいるよ、あの鈴をずっと持っててくれたんだね、ありがとうな」

はっきりとお婆ちゃんの声が聞こえた。そして優しい声で

「お婆ちゃんは、ずっと一緒におるよ」

豊さんは声をあげた。

「お婆ちゃんはどこに行ったの？」

「何処にも行かないから、また芦北に来てね、ありがとうな」


その時、鈴がシャンシャンとなり気配が消えた。

同時に力が入り、起き上がった瞬間に涙がこぼれ、初めてお婆ちゃんの死に号泣した。

そして、この鈴は必ず部屋の見える所に置いているそうだ。

また、シャンシャンと鳴ったらお婆ちゃんに会えそうで。


豊さんのお婆ちゃんはお通夜、お葬式には沢山の人が集まり、３号線が渋滞するほどだった。

あんなに人に愛された人は見たことがない。

最高位のお坊さんが福岡から沢山弟子を連れてくるほど、相当徳の高い人だったようだ。

三十一　犬が見た飼い主の霊（熊本市中央区黒髪）

黒髪の竜神橋から東の白川沿いの住宅や店は、国土交通省の水害の河川工事で立ち退きとなり、今はほとんど更地となり、なくなってしまった。もうあの街の賑わいや面影はない。

8年前までそこに住んでいた城上さんは小柴犬を飼っていた。

50歳過ぎてこの土地に念願のマイホームを建てた。後は念願の子犬を買う事が夢だった。犬嫌いの家族を押し切り、仕事は朝7時には家を出て、夜は早くても9時過ぎという判で押したような生活。帰ってきて飛びついてくるようなかわいい子犬が欲しかった。

しかし飼った小柴はどうもプライドが高い。チワワやヨークシャーテリアのような愛嬌は皆目ない。

犬のしつけの本から動物病院で1日飼い主指導を受けたりと、犬のパパになる心構えはできていた。

城上さんは鹿児島出身で西郷隆盛に似ていた。早朝から犬の散歩すると上野の西郷どんと犬のようで、それなりに似あう。だから柴犬なんですね～といわれるが、あっちは秋田犬だ、と答えるのが常。

近所の立田山は早朝6時は犬の散歩のラッシュ。同じようなパパさんが出勤前に歩いている。

城上さんはこの犬にキャッピーと名付けた。風体に似合わないが、フランダースの犬か何かからつけたそうだ。

キャッピーには苦労した。子犬の頃はしつけが大変だし、去勢する手術の時は、城上さんが深夜まで悩み酒をくらった。

さらに、立田山の頂上にある家族の墓参り中に、逃げ出してしまい、1ケ月帰ってこなかった。もう死んだと思っていたら、山のふもとの知り合いが預かってくれていた。

それでもまた家出した。1週間後帰ってきたら、野良のおばあさんの彼女を連れて帰ってきた。

「シッシッ」

と追い払うと老婆犬は寂しそうに去って行った。

向かいの家のハリーは大型の洋犬。キャッピーと友だちだった。散歩に行くと必ず興奮して、おかげでハリーの家の門は壊れかけていた。

でも可愛い犬だった。晩酌のときもそばで相手してくれるのはキャッピーだけだった。

キャッピーと家族との楽しく賑わう暮らしの中で、城上さんは少しずつ脳の難病が進行していた。

急激に進行し、キャッピーが10歳の頃には散歩どころか入院となった。いつもリハビリや介護用の白いバンが迎えにきて、城上さんを乗せていった。外犬のキャッピーはじっとそれを見ていた。

城上さんの奥さんや娘、近所の人がキャッピーのお世話をしたが、犬のご主人は1人。城下さんしかご主人と思っていなかった。

いつも、城上さんの帰りを待ち、白いバンが道を通りすぎると、ぴたっと散歩の足を止める。それは向かいの家のハリーもそうだった。

2年後、病院のベッドで寝たきりで動かないまま、城上さんは息を引き取った。

病院からやっとマイホームへ戻って来れた時は遺体になっていた。家族は悲しんで泣いたが、キャッピーは鳴かなかった。

いよいよ遺体を斎場に運ぶ日の朝、突然キャッピーは空に向かって吠えはじめた。

「ワオーン　ワオーン　ワオーン」

するとむかいのハリーも空に向かって吠えた。

「ワオーン　ワオーン　ワオーン」

その犬の遠吠えの合唱に、家族は驚き空を見つめた。

「お父さんが空に上っていくのが見えるんだろうかね……」

城上さんのまだ元気だったころの笑顔が犬たちには見えたのだろう。2匹の犬は道路を隔てて、空に吠え続けた。

まるで敬礼するかのごとく、プライドの高いキャッピーはそうして飼い主とお別れをした。


その1年後、キャッピーも城上さんの後を追うように亡くなった。肝臓病と犬の認知症だった。また、キャッピーが亡くなる前日にハリーも突然亡くなったという。

「お父さん、ハリーとキャッピーも連れていったんだろうねえ」

少し寂しそうに奥さんが話していた。

その後このマイホームは白川の大水害で1階部分にあった荷物が全部流され、河川工事で家も解体され更地になってしまった。

キャッピーと城上さんの歩いていた姿は遠い過去になったが、近所の人たちは「西郷さんと柴犬」の姿をいつまでも覚えている。

三十二　関東軍最期の兄の霊（熊本市中央区黒髪）

熊本には村上姓が多い。中には村上水軍と関係のある人もいる。

村上水軍の末裔の村上正建《まさたけ》さんは、現在村上家当主だが、実は23歳上に兄がいた。兄の芳雄さんは大学を卒業し、関東軍の伍長として満州へ出征していった。家族で旗を振って見送ったのを覚えているという。

昭和20年の8月、空襲がひどくなり家族は市内の水前寺から黒髪に家を移した。母が心配したのは芳雄さんが戻ってきたら、どこの家に住んでいるか分からなくなることではないかということだった。満州へ手紙を送り続けていた。

その頃、満州では恐ろしいことが起きていた。

8月8日、ソ連が突然不可侵条約を破り、国境にあった虎頭要塞に向かってソ連軍は押し寄せた。

芳雄さんは突然昇格し砲撃分隊長として最前線に立つことになった。それは20日間の激戦となった。

その頃、終戦を迎えていた熊本市内は焼野原となっていた。

8月18日の午後、5歳だった正建さんは、庭の地面に絵を描いていた。手を洗おうと土間に入ると、視線を感じた。見上げた窓の方に人が立っている。

陸軍のカーキ色の軍服。正建さんの方をじっと見ている。兄の芳雄さんだ。

「お兄ちゃん？　帰ってきた？　この家わかった？　空襲で逃げてきたとよ」

芳雄さんは少し笑って、うなづいた。何か言っていたが聞き取れず
「正建、うちを守れよ」

という言葉だけがしっかり聞こえた。

そう言うと兄の頭が歪み始めた。顔が2つに割れ、飛んでいき、首から下の軍服だけの姿になった。一瞬の事で、首から軍服に血が流れだした。

あまりの恐ろしさに正建さんは隠れた。後で外に出たが誰もいなかった。

兄に何か不吉なことが起きた気がして、母にも誰にも言わずにいた。

それから8年経って兄の戦死公報が届いた。お骨はなかった。もう正建さんも中学生だった。兄からの生前の遺書を母にもらって、泣きながら読んだ。

『母上様、悲しまないで、笑ってください。靖国に入ることを喜んで下さい。正建よ、この兄を見習わずに良き人間となり、母上様皆の事を頼むぞ……』と。

正建さんはその時初めて母に話した。小さい頃、家に戻ってきた兄を見たと。

「それはいつの話？　終戦の時？」

「8月の18日。お絵かきで18て書いたけん覚えとる」

正建さんは毎朝日付を庭の土に書いていたのだ。あの日もそうだ。

「……芳雄は18日に爆弾に当たって死んだって……書いてあった……」

そう言うと母は泣き崩れた。舞鶴港まで8年も立ち続けた母だった。

あの日、芳雄さんは跡継ぎが正建さんに代わることと、お別れを告げに、亡くなった瞬間に霊となって熊本の自宅に戻ってきたのだと、正建さんは感じた。

その後、正建さんは虎頭要塞から奇跡的に帰ってきた人から話を聞くことができた。要塞では民間人含め60数名が助かっていた。

実は軍部の命令で、関東軍の大佐は秘密裏に大本営へ引き揚げさせていた為、その下の大尉では判断がつかず、玉砕戦となった。15日の降伏の連絡も日本からは途絶えており、要塞死守の命令に従い戦ったことが記録されている。

18日は、激しい戦闘の後、要塞にガソリンを注入され、１６００人近くが中で焼死した。

虎頭山中では、第二中隊90野砲分隊長の芳雄さんにソ連軍の弾が命中し、即死だったそうだ。

正建さんは兄の遺書の一部を財布に入れた。その後、大事な時に見えない手のようなものが出て、転倒や病気の時も助けてくれたと話してくれた。彼自身は、兄の生きた満州近く大連まで行き、関東軍の資料等の研究を続けておられる。

関東軍は悪い評価もあるが、民間人を守り戦い、散った命もあった。

その亡骸は今も大陸に置かれたままだ。

まだ誰も遺骨を取りには行けていないと聞く。

悲しくも、大地に苔むす骨となり、多くの魂が彷徨う場所であろう。

三十三　妙見坂公園の軍人墓地（上益城郡御船町）

この軍人墓地は妙見坂公園を上がった先の草むらの奥に位置し、手前が階段になっている。近所の親たちは「子供が1人で行くな」と注意していた。

田中さんは小学校4年生の頃、この公園の階段でじゃんけん遊びをしていた。勝ったら1歩ずつ上がる、負けたら下がる。田中さんは勝ち続け、友だちは階段の1番下、田中さんは1番上まで行って大きく離れてしまった。

上まで行くと、例の墓地が潜んでいるのが見える。

「行くな」とは言われていても、一応下に友だちはいるし、まあいいか！　と好奇心で草に覆われたような墓地に入り込む。

外からはわからなかったが、中に入るとひやーっとした空気。夏なのに寒い。慰霊の塔と書かれた墓碑の大きな石があり、苔むしたような小さな墓が並んでいる。パッと見た瞬間、その墓のそれぞれの後ろに人が立っているように見えた。

「うわ！」

田中さんは思わず声を上げた。だが見間違いのようだった。異様に心臓が早く打ち、変な汗が出てきた。ここに居ちゃいけないと思うのに、どんどん墓地の中に歩いていってしまうのだ。グイグイ、グイグイと磁力みたいに引っ張られる。

ある墓石の近くの草に足を取られしりもちをついた。

「オイ！　田中君！」

甲高い声が響いて、ハッと気づいた。階段の下で待っていた友だちが入口で叫んでいた。我に返ると、友だちに向かってまっしぐらに走る。

草かわからないが、足首を掴まれているように重かったが、何とか友だちの元にたどり着く。急いで階段を降りると、やっと暑い日差しで気分が戻った。

「どうしたと、何回も下から呼んだけど出て来んし、見にいったらフラフラ墓の中歩き回って……全然目が合わんし聞こえてないみたいだったけん……」

聞くと、田中さんは10分間くらいその場での記憶が飛んでいるようだった。しりもちをついてからやっと意識が戻ったようだ。

それからは怖くて二度とこの墓地には行かないようにした。現在も噂が浸透しているのか子どもが遊んでいる姿はあまり見かけない。とにかく霊が一杯いる場所だそうだ。

近くに火葬場があるのもそうだが、ここは西南の役でも戦闘を極めた場所。熊本隊や薩摩軍が南から襲ってきた官軍と闘い、御船川は血の川と言われたという。軍人墓地は故郷に戻れなかった薩摩兵が眠るという。

またこの妙見坂公園の山の下にはトンネルもある。ここに水が染み出し、幽霊の姿になっているとも言われるが、幽霊も見かけたとの情報も多い。

三十四　吉無田高原　張り付く人々

（上益城郡御船町田代）

吉無田高原は草スキーやキャンプ場としても有名な場所だ。

好美さんは旦那さんの運転する車で、夜景を見にいく途中だった。

助手席でなく後部シートに座って外を見ていた。

「ベタ、ベタベタ」

何の音かと思って窓から見ると、車の周りに沢山の人が張りついて来た。

うわ！　と思ったら声が出なくなり、今度は足を引きずられ始めた。身体がどんどん吸い込まれるように、足元に引きずられていく。

声が出ない、だけど必死で声を絞り出す。その時急ブレーキで車が止まった。

やっと旦那さんに、

「引き返して!!」

と叫ぶことができた。旦那さんも目の前を人が通ったと思って急ブレーキをかけたのだったが、もちろん誰もいなかった。

好美さんは霊感があり、それ以来、吉無田高原の道は通る気にならないという。

この辺りは妙見坂公園にも近く、西南の役でも逃げる薩摩軍との壮絶な戦いがあった。さらに歴史を紐解けば、古戦場でもあっただろうこの地域は、普段は静かな草原だが、風向きによって霊が張りつくのだろうか。

三十五　浮かんだ武者の絵（上益城郡　御船町）

御船町の山間部の九十九折《つづら》という地区に龍神堂という祠がある。

正式名は妙龍寺である。

そのお堂の隣の家の人が洗濯していたシーツを竿に干したときのことだった。洗ったばかりの白いシーツに何やらシミのようなものがある。

（洗ったばかりなのに、砂埃でもついたか……）

そう思ってよく広げてみると、どうも人の姿のように見える。

周りの人を呼んで見てもらうと、

「戦国時代のお武家さんの姿じゃないか？」

となって大騒ぎになった。お堂でも念のためお祓いをしてもらい、そのままシーツを干していた。

それが話題となり、「熊本市内や県外の人を運んだよ！」とタクシーの運転手が教えてくれた。

ご利益はわからないが、この辺りは遠い昔から古戦場もあったため、その頃のお武家の霊が貼りついたのではないかとされている。

三十六　信愛病院廃墟の霊安室（熊本市　北区）

植木町にある旧信愛病院。かなりの廃墟で、心霊スポットとして高校生男子は必ず一度は行った人も多い。その例にもれず田上さんも男女４人で行ったという。

深夜12時過ぎ、駐車場に車を停めて中に入る。懐中電灯で辺りを見回しても落書きや壊れた窓枠、足の踏み場のないような落下物ばかりだ。

駐車場から歩いて、やっと建物に入る。それすらも真っ暗で不気味だ。

永井さんが玄関に足を踏み入れた瞬間から、全身の毛が逆立つような感覚になった。彼は少し霊感があった。

玄関からおびただしいガラスの破片や壁の落書き。地下にあるという霊安室の方向からは、明らかに霊がうようよいるような黒いもやが見える。

永井さんは気持ち悪くなり帰ろうと言った。仲間は怖がりながらもまだ探検したいと言う。その時だった。目の前の割れた窓ガラスに４人の姿が映った。

4人の他にあと5人くらいの人影が背後に写っていた。

「キャー!」

女子たちがその複数の人影を見た瞬間にその場から逃げた。一緒になって永井さんも逃げた。でももう1人の男友だちはそれを見てないので残るという。

「先に行っとくけん! 後で来なっせよ(来いよ)!」

駐車した場所に戻り、車で待ってると30分くらいして友だちが戻ってきた。

「何も起きんかったよ、カルテ持ってきた。武勇伝、武勇伝!」

興奮した顔で戻ってきた。すると、突然永井さんの電話が鳴った。

その電話は故障して動かなくなった携帯電話だった。

「何で壊れとるとに鳴ると……」

女子たちがあまり怖がるので、男友達に携帯を渡し、電話に出てもらった。

「どうだった?」

「いや、何かぶつぶつ言いよったけど……」

その後、友だちの顔を見ると真っ青というか真っ白だった。

「大丈夫や?」

声を掛けたがカルテを持ったままぼーっとしていた。助手席の友だちが降りる時、カルテを置いて行きそうだったので、友だちに押し付けて、永井さんは車を出した。さっきの携帯電話を友だちに渡したままだったのを思い出したが、もういいやと戻らずに家に帰った。

その後永井さんには何も起きなかったが、友だちがバイクで大大怪我の事故に遭ったと聞いた。それ以降、彼に会うことはなかった。

信愛病院はターミナルの総合病院だったので、救急の患者も搬送され、病院で亡くなる人も多かったというから、多くの霊がいてもおかしくない廃墟だ。

三十七　上熊本の森の闇（熊本市中央区　上熊本）

タクシー運転手の水野さんは、霊を信じない性格だった。全部嘘だと思わないと深夜タクシーなんてやってられないと言い、話始めた。

「これも多分、見間違いと思うんですがね」

真夏の深夜2時くらいだった。熊本の終バスが行ってしまうと、タクシーが活躍する。

水野さんは市役所の前で1人手を挙げてた男性を乗せた。

スーツ姿の男性はびしょ濡れだった。シートが汚れたら嫌だなと思って、

「お客さん、酒ば、浴びる程飲んだとですか?」

「……上熊本まで」

男性は水野さんの冗談には答えず黙って座っていた。

上熊本駅方面に車を走らせる。この辺ですか?　という問いには、

「もっとその先……道なりに」

駅の京町側の山はそれなりに開けているが、そこを通り過ぎるとどんどん山奥になっていく。タクシー歴40年の水野さんでも、この辺りまでは来たことがなかった。だんだんと嫌な予感がしてきた。

（この人、山奥まで連れてって俺を殺して強盗すっとじゃなかろか）

その不安からか、何だか息苦しく、寒気もしてきた。

「お客さん、どこに向かってるんです？」

「……家たい。俺が家たい……（家です。私の家だ）」

ぼそりとつぶやく声。それ以上は話が進まず、シーンとした中どんどん車は走る。山奥の竹藪や黒く枝を伸ばした木々が車を包み込むようで、電灯もない。

「お客さん、まーだ先ですか？」

「あの道の先、家があるでしょ。あれたい」

よく見ると先の方にこじんまりとした家がある。

「ここでよか。降りる」

家の見える手前に停め、男性を降ろす。何かされるか身構えたが、普通にお札を出しお釣りをもらって家の方に向かっていった。明かりもなく家には誰もいない様子で、男は暗闇に飲み込まれるようにすうっと消えていった。

「良かった。さて、帰るか」

ところが今まで来た道を戻ろうとするが、1本道だったのになかなか市道に戻れない。街の明かりを目指して30分ほど運転すると、やっと市道らしきアスファルトの道に出た。

その後、上熊本に住む知り合いにその家の話をしたが、誰もそんな家を知らなかった。

また水野さんも暇なときに昼間あの山を目指したが、同じ場所にはたどり着けなかったし家らしきものはなかった。だが、墓はあった。

三十八　中岳火口では死ねない（阿蘇郡　黒川阿蘇山）

年に数回あの大きな火口に自殺しようと飛び込む人がいた。

もうもうと煙が立ち上る中に飛び込むと、緩やかなすり鉢状の火口の途中で引っかかる。体が高熱で溶けてしまう苦しみを味わい死にきれないという。

阿蘇観光で火口付近に行った江藤さんが話してくれた。

火口付近は手摺りや柵があって中には入れないが、もちろん低い柵なので飛び越えることができなくはない。

火口のなだらかな坂に何かが動いている。動物か？　と目を凝らすと、芋虫のようにぐねぐねと動く人間の姿だった。

その瞬間、俺も行かなくてはという感情が脳裏に蔓延し、体が勝手に柵を登ろうと足をかけた。体が前のめりになって、ぐらっとしたとき、

「危なかですよ！　何しよっとですか！（何してるんですか）」

ガイドさんに腰を引っ張られ、止められた。

「あそこに人が苦しんでおられるんです。誰か助けないと」

「どこですか？　見えませんよ」

もう一度同じ場所を見たが、あの芋虫のような人はいなかった。

死にきれない霊に引き込まれる観光客もいたそうだ。

三十九 駕町《かごまち》で見たアカイ（熊本市中央区）

福岡から出張でやってきた横田さんの話だ。

長い会議の後、飲みに行こうとなり、繁華街の下通りを抜け駕町辺りについたとたん、「アカイ」という言葉が耳から離れない。キャバクラに行ったが、頭の中にその言葉がぐるぐる回る。

「ねえ、アカイってこの辺りにある？　看板かな。頭から離れんとよね」

「知らんねえ。熊本で赤井さんて苗字も聞かんしね」

キャバ嬢たちはキャッキャと笑ってタバコを吸う。

「横田さん、あっちは行くと？」

彼女が意味深に笑い、周りもにやにやする。小指を立てて見せる。

ああ、風俗か。熊本といえば……男社会では全国レベルで有名な場所がある。

一見さんでは入れないような会員制の有名風俗店だ。

「いや、行かんけど店は見てみたかねえ」

その店を出た後、入れるはずもないが仲間と裏通りを通って風俗街に向かった。有名店のネオンを目指して歩く。店が閉まっていて電灯だけしかない暗さ。

その時また「アカイ」が鮮明に脳裏をかすめた。

ふと目線を上げると、暗い路地の真ん中に赤い着物姿の女が立っている。

襟元は真っ白で、肩がずり落ちたような赤い色の着物に細い帯。

それがすすす〜と彼らの真横まで歩いてきた。

その時、横田さんは怖さも余って、

「アカイ」

つい口走ってしまった。

女は一瞬こっちを見た。

横田さんは寒気がして顔をあげなかった。じっと見ているのだけはわかる。

「違います」

そんな女の声が聞こえた。隣にいた仲間も気づき、ウッと声を漏らす。

「……行くばい、明るか道ば通っぞ（通ろう）」

どう歩いたか忘れるくらい、急ぎ足で2人は繁華街の通りへ抜けた。

後で聞いたら、あの赤い着物は遊郭の遊女たちが下着として来ていた長襦袢だと言う。

亡くなった遊女達は寺に埋葬されていた。遺体は菰につつみ投げ込まれたことから「投げ込み寺」といわれる場所は全国の遊郭近くに多い。無縁仏の彼女たちは、寺の樹のたもと等に埋葬されたという。

この辺り一帯にはお寺が3軒ある。アカイ女に出くわすということは……。

駕町だけがというわけではないが、繁華街近くに花街は存在した。城下町には多いことだった。昭和40年代頃の花街の光景も古い写真に残っている。

四十　上通りにたたずむ防空頭巾の子ども（熊本市中央区）

上通りから並木通りまでの間に路地がいくつもある。オシャレなレストランが並ぶことから、週末はこの辺りも賑わう。結婚式の2次会のお店も多い。

友人の結婚式で埼玉から地元熊本に帰省していた内田さんの話だ。

仁王さん通りに向かって歩いていると、大騒ぎする若い子達の奥に、まるっきり現代風じゃない子が路地から出たところの石にしゃがんでいた。

頭には紺色の紬のようなボロボロの防空頭巾を被っていた。

じーっと内田さんの顔を見ている。

内田さんは元々霊感が強いので、その子が生きている子じゃないことはわかった。小声で話した。

「大変だったね。お腹が空いたでしょう。でもここはあなたがいる所じゃないよ」

その子はコクリとうなづくと、その場から消えた。

内田さんはコンビニで塩と水を買って、その場にお供えをした。もうそれ以来そこでは防空頭巾の子どもを見ることはなくなった。

この辺り一帯は、昭和20年7月の熊本大空襲でほとんど焼野原になった。空が真っ黒になるほどの数の爆撃機が焼夷弾や爆弾を落とし、たくさんの命が消えた。家族を探して彷徨う子どもの魂は賑やかな場所を求め、現れることもある。

四十一　大井手川を歩く女学生（熊本市中央区新屋敷）

小学生だった道子さんは、小学校まで通うのに通学路ではない道を通っていた。大井手川のほとりの道だ。この辺りは電灯も暗く、夜には痴漢が出るからと注意されていた。古くからの邸宅は塀が高くて、悲鳴を上げても聞こえず、そういう暴行事件が遠い昔から多かった場所だ。

道子さんはまだ日が暮れる前だから大丈夫だろうと、学校の帰りに川辺のホウセンカを摘んで1人でパラシュート遊びをしていたときだった。

大井手川を歩くセーラー服の三つ編みおさげ髪のお姉さんが水の上を歩いていた。歩いていたというより、水の上を動いていた。

「誰、あれ！」

その瞬間、背後に人が立っている感覚が襲った。誰か後ろに立っている……。

ゆっくり自分の肩の後ろの方を見ると、

さっき見たおさげ髪のセーラー服の人が立っていた。

そして、その顔は青ぶくれし、半分腐ったようにただれていた。

「ぎゃあああ！」

振り切るように道子さんは走って逃げた。家に着いても追いかけてきているような感覚が常にあり、帰ってきた祖母にその話をした。

すぐに祖母は近くの霊媒師のところへ連れて行き、道子さんを見てもらった。

「細い手が肩に乗っておる。制服を着た娘が憑りついておる」

慌てて祈祷し霊を払ってもらったという。ずっと肩が重かった道子さんは、そのお払いですっきりと治ったが、もうあの道は通りたくないという。

大正時代、ここで痴漢に追われた女学生が、次の日水死体で見つかった。かなり暴行されていたそうだ。古いことを知る人はその話をよく覚えていて、1人で行くな、痴漢に追われると、話してくれたが今はそれを語る人は少なくなった。

四十二　日曜の夜の6人部屋（合志市）

その病棟は広大な敷地にある。しかし日曜の夜の集団病棟は寂しい。

6人部屋の病室には永井さんが1人だった。日曜は退院する人が多く、入院は大抵月曜朝からなので、1人になってしまうのだ。

消灯時間になって、どうも変な空気感が漂う。目をつぶって布団にもぐるが、寒気がして目が覚める。ひどい耳鳴りがして、どうも病室に何か潜んでいる気配がした。窓も開いてないのにカーテンがゆらめく。

永井さんが恐々と目を凝らし、病室を見渡す。

すると、病室のベッドの間に薄い桃色の着物を着た女性が立っていた。

その着物の女性は若く、娘さんのようだった。うつむいてただ立っている。

明らかに人間ではなかった。

「……何妙法蓮……南無阿弥陀仏……」

体は金縛りに遭って全く動かせない。だが口だけは動き、思いつくお経を唱えまくった。その後は気を失ったように眠ってしまった。

後でナースコールをして、事情を話した。看護師は「またか」という顔つきになった。この病院は昔、結核の療養所でもあったという。若くして亡くなった娘さんの霊だったのかもしれないと語ってくれた。

四十三　処刑場の跡地（熊本市中央区　北区）

古い地図を見るとわかることがある。熊本で聞いた2か所の処刑場の話がある。

1つは、現在は大きな病院の敷地となっている。

江戸時代にさかのぼるが、元は処刑場と火葬場だった。特に火葬は明治以降になるため、土葬されたとも言われている。

その病棟で飛び降り自殺をする患者が多いことから噂が立つようになった。

「あそこは病院作るしかできん場所だったたたい」

長老が答えた。とても住宅街などにはできない霊場のようだ。

もう1つ、他にも処刑場があった。妙に低い位置にある土地だ。

その場所を通る時、拝むお年寄りが多い。聞くと、

「ここは昔と殺場（処刑場）ですもんね。拝んでいかんと危なかですよ」

その近くに家を買った人がいた。娘と夫がいたが、夫が家で暴れるようになった。そし

て妻の給料を取り上げると失踪し、離婚直前の7年ごとに家に戻り、また暴れる。妻の首に縄を付けて家の周りを歩いたりと、とんでもない行動に出て、狂ったようだった。妻は首つり自殺で発見されたが、周りの人はその夫の仕業だと噂した。夫は家財一切売り、再婚相手の元へ行った。

だがこの男も借金取りに追われ、生死もわからず行方不明となったようだ。

その地域のお年寄りが拝む場所、特に何の碑もない場所を拝む時は何かがあると思った方がよい。

四十四　地鎮祭　埋葬の松（上益城郡　山都町）

昭和30年くらいの話だ。神社の神主さんが土地の地鎮祭に呼ばれた。

とある地鎮祭。

そこには大きな松の木があり、民家の建築に使おうと切ろうとするが、どうしてもそれを切ると刃物が折れたり、妊婦が体調を崩したりと良いことが起きないそうだ。どうやら土地に因縁があるようだとして呼ばれた。

その松の前に立ってみると、どうも閉塞するような空気感がある。

息が苦しくなるというか、その場にいると辛くなるような場所だった。

特に松の木の根元の辺り。

「この松の辺りは何か由縁があるようですね。近くに何か埋まっていませんか」

するとその周りにいた長寿の方々の顔色が変わった。

「この松は……西南の役の薩摩兵が埋められたとか伝説が残っております」

「この松に鉄砲の弾が大量に食い込んでまして……」

そういったいわくのある土地は、誰が行っても気持ち悪いと感じるような場所なのだという。

戦争松と言われたのは別の場所だったが、西南戦争で薩摩軍が逃げる時にこの地域に立ち寄り、亡くなった兵をたくさん埋めたという。

馬見原のある寺には薩摩軍の負傷兵が来て病院として貸し、3日後いなくなった。その向かいの土地に亡くなった兵を仮埋葬し、後でほじくり返しに来たという。

また農家一軒を買い、そこで自害し火を付けたという逸話も残る。

四十五　子供霊が遊ぶ神社（八代市）

八代のとある神社の話。車を停めてひと眠りしていた。介護施設に勤めていた岩野さんは休憩のたびにこの神社の境内の駐車場に来ていた。

寝ていると地震のような揺れが起きた。

「何だ何だ！」

起き上がって車の窓から外を見た。

そこには3歳くらいから10歳くらいまでの子供達が車に乗ったり窓を叩いたり、木に登ったりと、遊びたい放題だった。

そしてその子供たちはみんな霊だった。はっきりとそれはわかったという。

岩野さんは恐ろしくなって、すぐその場から逃げた。

どうやらその神社には座敷童のように子供の霊が集まる場所のようだった。

その後、岩野さんの家の中でも怪奇現象が起こるようになった。

玄関のドアがひとりでに開いたり、障子がスッと動いたり、お風呂場のドアがキイーっと開いたり。明らかに誰か見えない人が住んでいる。介護施設でも女の子の霊が出たと騒ぎになっていた。

だが岩野さんは慣れているので、お祓いなどはしなくていいのだという。子どもの霊はいたずら好きなので、遊びたいから出て来ると語ってくれた。

四十六　立神峡　耳に残る声（八代郡　氷川町）

立神峡は岩場から飛び込み出来たりと、小中学生には人気の場所。

だが何人か溺れて亡くなっているとの話もある。

中村さんは中学生の頃、友だち数人と自転車で行った。県道から山道に入って走るとき、中村さんが1番後ろだった。

その時背中から違和感を感じ急に寒気がしたという。後ろを振り返ると誰もいない。

すると耳のなかで「シュルシュル」と何かが回転する音が聞こえた。耳鳴りかなと思ったが、金縛りの時に、よくある音だった。音が聞こえだした時から首が痛くなり重くなった感じがした。

「シュルシュル」

耳に鳴る音が、よく聞くと言葉になっているような気がして集中して聞くと、

「遊ぼ、お兄ちゃん」

と聞こえてきた。

小さい子供で、男の子か、女の子かは分からない。はっきりと声になり聞こえたと思った時に、

「ドスン！」

自転車の後ろに何かが乗ったのを感じた。

後ろを見ようとしたが、首が後ろを向けない。首が固まってしまった。

「誰？　遊ばないから、降りて。ここは君の場所じゃないよ」

と恐々話した。でも後ろの子供は、

「お兄ちゃん、遊ぼ」

とずっと後ろで言っていた。これはもう逃げるしかないと自転車をこいだ。

前の友達は見えないくらい先にいる。急いで追いつこうとこいでも、なかなか進まない。

子供というより、大人を乗せたような重さだった。

すると後ろの声が、

「遊べ、止まれ」

と、大人の声になった。男の人の声だった。

その瞬間、後ろがグーんと重さで下がり、前輪が浮き、中村さんは転んだ。

慌てて周りをみたけど誰もいない。

心配した友達が遅いから見に来た。中村さんは足や肘が擦り傷だらけで、泳ぐのをやめ、写真を撮る係になった。

中村さんは友達からカメラを預かり、みんなが遊ぶ写真を何枚か撮った。

友達とその後写真屋さんに持って行き、現像してもらったののなかに、岩場の上で撮った写真がない事に気づいた。

後で友達が写真屋さんに尋ねると、

「あれは見ない方がいい……」

と言われたそうだ。何が写っていたのか、処分されていてわからないという。

あとがき

大学4回生の時、京都に3カ月だけ下宿したことがあります。事故物件でした。

3回生の時に同志社大学から早稲田大学に国内留学をした私は4回生になったあとも千葉に住んだまま、京都の大学に毎週末、夜行バスで通学する生活を送っていました。ところが卒業単位がギリギリ足りないことを知った私は同志社大学（今出川）の近くで物件を探すことにしました。

卒業を目前にした大学4回生の最後の3カ月だけですので、寝泊まりできればどこでも良いと考え、家賃1万円台の安いところを探していましたが、そう甘くはありません。隙間風が吹きすさぶベニヤ板の古びた建物だったり、配管が古くてトイレが使用できないちょっとした倉庫だったり……。

諦めかけた時に不動産屋さんから紹介されたのが、近隣の女子大生が最近亡くなったという事故物件でした。聞けば、首を吊って亡くなったというのです。殺人だったら恐ろしいですが、自殺だったらまだまし。事故物件でなければ家賃7万円ぐらいするそうです。事故物件はそのあと誰かが住んだら事故物件として報告しなくて済むそうでお互いにウインウインだと割り切って考えていたのです。いずれみんな死ぬんだし、と軽く考えて即決しました。

ところが住み始めてみると、霊感などまったくなかった私の身に、寝る時に金縛りにあったり、風呂でシャワーをしているとなぜか長髪の髪の毛が排水溝の蓋にあったり（当時から私は坊主でしたので長い髪の毛が落ちているのは不自然です）、近くのお寺の鐘の音が真夜中に聞こえてきたり、薄気味わるい出来事が次々と起こりました。家に遊びに来た霊感の強い知人が、この部屋はヤバい！　と言って帰ってしまうこともあったほどです。

気になって管理人さんに前に住んでいた女性について訊ねると、「とてもいい子やったよ。成仏できていないのかもしれない。かわいそうに。親よりも先に死ぬなんて……」と言って涙を浮かべていました。そして、私の家に色鮮やかな花を飾りに来られました。それからは、不思議と霊が出てきても不気味に感じるよりも、霊が何を語りたがってるのだろうと耳を傾けるようになり、こういった不思議な現象を人に話すことによって亡くなった人の供養にもなるのではと次第に考えるようになったのです。

今回の怪談話を書くに当たっては、熊本の震災からちょうど1年という節目に「熊本の怖い話」を書かせていただく意味は何かとずっと考えていました。私自身、中学生の時に神戸で被災して、自宅が半壊し、大切な友人を震災で亡くした経験があります。もしあの頃、仮に「神戸の怖い話」という本が書店さんに並んでいたら読みたいと思うだろうか。タイミング的に不謹慎に思う人はいないだろうか。この本がどんなお役に立てるのだろう。

そんなことを考えながら熊本に行ってぽつりぽつり怪談蒐集を始めました。被災地にも足を運んで、地元の方々にお話を聞かせていただいたのですが皆さんとても親切に怪談話や心霊体験を聞かせて下さり、逆にこちらが沢山の励ましをいただいて帰る結果となりました。ご協力いただいた皆様にこの場をお借りしてお礼申し上げます。私が語ることで亡くなられた死者達の供養になったら幸いです。

寺井広樹

熊本の怖い話

2017年5月1日　第1刷発行

著　　者　　寺井広樹・村神徳子

発 行 者　　本田武市

発 行 所　　TOブックス
〒150-0045 東京都渋谷区神泉町18- 8
松濤ハイツ2F
電 話 03-6452-5678（編集）　0120-933-772（営業フリーダイヤル）
FAX 03-6452-5680
ホームページ　http://www.tobooks.jp
メール　info@tobooks.jp
印刷・製本　　中央精版印刷株式会社

本書の内容の一部、または全部を無断で複写・複製することは、法律で認められた場合を除き、著作権の侵害となります。

落丁・乱丁本は小社（TEL 03-6452-5678）までお送りください。小社送料負担でお取替えいたします。

定価はカバーに記載されています。

© 2017 Hiroki Terai / Noriko Murakami
ISBN978-4-86472-564-4　　Printed in Japan